在
最美的
风景里
流放

燕子
神威
老m
等／著

江苏凤凰文艺出版社
JIANGSU PHOENIX LITERATURE AND ART PUBLISHING LTD

Z A I Z U I M E I D E

F E N G J I N G L I L I U F A N G

致那些义无反顾的旅人和辽阔的世界

燕子、神威、老M、胡成、蒋瞰、冰清、叶舒婧、吴小凡、贾树森、

Mercurio、冰糕、663、小思、冬惊、刘嗯嗯

目录

去远方，遇见更好的生活

去想去的地方 / 002
人生就是一场旅行 / 010
被原谅的青春 / 021
我忘记了昨日旅行的意义 / 025
最美的场景，永远是生活本身 / 032

路上的美食，可以抵抗全世界的悲伤和迷惘

越南的瘦与馋 / 040
牛仔小镇的美食 / 045
湄公河上的船餐馆 / 053
是隆路上的华人味道 / 060
冰岛是个没有狼群的国度 / 065
当我们谈论旅行的时候，我们在聊美食 / 089

目录

CONTENTS

你从远方来，我到远方去

世界上最美的蓝色，在巴拉望 / 104

去缅甸，看看这十个故事 / 120

到开罗，骑着白马来接你 / 166

中国香港的独立书店风景 / 178

乌兹别克的盛夏 / 188

一个风情万种的越南 / 209

愿每场旅行都可以修复灵魂

纯真的印度尼西亚 / 218

坐上电车，都有想去的地方 / 227

暴走伊斯坦布尔 / 238

不曾抵达的西藏 / 249

去马丘比丘经历一场修行 / 258

去远方，
遇见更好的生活

去想去的地方

人生就是一场旅行

被原谅的青春

我忘记了昨日旅行的意义

最美的场景，永远是生活本身

在最美的风景里流放

燕子

去想去的地方，做想做的事儿，成为想成为的那种人。

去想去的地方

好像对于旅行这件事，我们都习惯了支支吾吾，诸多借口。常常是这样的：最后一个工作是12号结束，原定的计划几乎是12号晚上就拖着行李大步上飞机；13号熟识的人拜托帮忙，延期到14号，又有另外的工作找来，再次延期到15号。这样拖拖拉拉，终于把蠢蠢欲动的一颗心拖到觉得乏味，变得懒惰，不了了之。每一座城市里的灯火和马路组成了微妙而隐形的牵绊，把每一个疲倦而勇敢的斗士困住。

但也总会有那么一个瞬间吧，大口呼吸下定决心。把所有看似不能结束其实放下一段也无妨的事情都推开，好像就那么一眨眼间，人就坐在了飞机上，这才突然明白，人生是由自己堆满的，而走出去的勇气，也一样是自己给自己的。

有的时候，只有陈词滥调才形容得出岁月流转。转瞬即逝，白驹过隙，光阴似箭，岁月如梭。所以那些拥有不徐不疾不温不火人生的人，简直就是这世界上的圣人，让人羡慕。我常常在想，究竟什么样的人生才算好人生？是罗曼蒂克的，随时随地会发生爱情的人生；还是从一而终，相守到老，你就是最浪漫的事；风生水起，佼佼人中之龙凤，还是平淡是真，找个七扭八拐的小城镇过小日子？

哪一种是你想要的人生？

走在路上的时候，你遇到无数的人，总是忍不住感慨每一个平凡而不同的生命以如此多样的面目活在世界中，世界很

大，天宽地阔，流动着很多故事，通通都不会结束。

一个曾去云南自助游的朋友告诉我，她有三天的行程定在香格里拉。她皱着眉头特别夸张地说：“香格里拉的早上冷死了！东西也难吃死了！”从来对吃喝没有什么追求的她，在那里第一次有了想吃什么想喝什么的冲动。可在半夜时分，高海拔的寒冷入骨下，美好的食物通通无法入口，委屈感顿时上涌，居然莫名其妙地吧嗒吧嗒掉起了眼泪，恨不得第二天就收拾行李回家。就像怨妇一样地迷糊过去，但这一切的感觉在第二天早上见到了薄雾升起的静湖的时候，都烟消云散了。

我还记得，那时候，也就是她口中太阳从薄雾里跳出来的时候，还曾收到过一条她的消息。她说：“我在看日出，觉得生活没有什么过不去的。”而当下聊天时，我就坐在她的对面，看到她回忆起那时候的样子牙豁子都要笑出来了，怀念盼望之情尽露。形容完了，她甩甩头对我挥挥手说："你肯定理解不了，觉得我特别矫情吧。"

我看过很多风景，实在是太明白这种感觉，这就像我和导演在旅行中遇到的那些村落一样，乐趣通通都藏在转角之后。每一道细小而曾深深敲打过你的心的风景，让你回忆起来常常觉得有一些东西，是说不清楚的，只有自己才能体会得到。

后来我也去了云南，从丽江到大理再到香格里拉，也去了她跟我形容的那个湖。去的时候，是傍晚，因为行程很赶，所以只能匆匆一瞥。我看到有一些红色的霞光流入湖水中，天色暗沉。后来天黑了，同行的一个姐姐的风衣被大风吹了起来，下摆散开，像一朵云。夜里的光一点点暗下去，虫鸣蛙叫都响了起来。湖面因为一片漆黑，开始散发出一种夜里特有的薄稀的亮光，头顶上的天空挂满了星星，不是成颗成颗的，而是一片一片的，完全不同于朋友嘴里那个透彻而明亮的晨曦。我就想，真好，它给了我独一无二的样子，也给了所有人独一无二的样子。

人在这种时候，会自然地不需要过渡地达到一个安逸而浪漫的状态，仿佛一瞬间的当下里，大家都拥有了自由的心。内心为少年一般的真挚而恻动，连鼻子眼睛皮肤都渐趋放松，似乎闻到了更多看到了更多感受到了更多。有种情绪，存在于每一个人的体内，不是生活所能磨灭的。

在我刚刚到北京扎根的时候，自己的工作室得到了一个大活儿。当我们签约后，从写字楼里出来的时候，我们几乎都要击掌庆祝。那时从来没想过拍几天照片就能赚到那么多钱，有种明媚人生从此开始、翻身家奴把家当的感觉。这期间，我们认真地准备、筹划着，也就是这一次拍摄让我学到什么叫画蛇添足。过分的计划和理解走偏的想法，让拍摄并不顺利。那段日子，我的情绪落入低谷，男朋友拉着我去了一趟黄山，到了安静的宏村。那个时候，正是美院的学生去宏村写生的季节，整个村子美得像画一样，安静平和。三三两两的人坐着小马扎，立着画板安安静静画画。徽派的建筑干净利落，清秀俊雅。早晨的村庄，远有薄雾近有蝉鸣，让人一下子就放松了下来。既没听什么富有哲理的心灵鸡汤，也没跟我分析什么成功学，就是特别自然地把我带去一个漂亮的地方，又特别自然地把我带回了北京，我就奇迹一样地自愈了。

也就是这一次，让我觉得旅行实在神奇，它像魔法师一样施展魔法，治愈人心。

我常常总结，发现能带给我力量的人无外乎两种：一种是发自内心温暖美好，让人忍不住想成为的那类人；一种是发自内心勇敢嚣张，让人忍不住想仰视的那种人。而这两种人，在旅行中都碰得到。

我在新疆碰到过开着租车行却一直在学萨克斯充满音乐梦

想的大哥，他背对着公司大门口，戴着耳机，不能再认真地一个音符一个音符地吹。五大三粗的背影和萨克斯文艺的音乐声配合得充满了幽默感。

在荷兰认识了一个养郁金香的花农，长得像电影明星，失明的小女儿坐在拖拉机上一直在唱歌。放着晴的下午，金红色的头发衬着小雀斑跳动在一大片亮晶晶的花丛中。

在巴黎看到过走路颤颤悠悠满头白发的老太太，她涂着大红色的口红，拄着金色的细拐棍，穿着高跟鞋，一小步一小步地走在塞纳河边。厚呢子的过膝裙摆下露出脚踝，脖子上系着玫红的艳丽丝巾。

在去西藏的火车上，见到了一个从西宁看完青海湖上车去拉萨的外国女孩儿。我们在没有声音的夜半车厢里，伴着嗒嗒嗒嗒的火车碰轨声一直聊到快天明。我问她接下来要去哪，她说她想回家。后来，我们都没有留下对方的联系方式，不知道她是否还记得我，我大概不会轻易忘记她。

我一直不肯承认旅行能够改变人生，看新风景总是开心的，目睹别人如此潇洒总会让自己也更勇敢些，但我们结束一场行走，终归是要收拾尘土回到繁华。我琐琐碎碎写了这么多，却总也整理不出一个主线。只是，脑子里总有一些这样那样的片段接二连三地蹦出来。这些片段惊喜到我自己，原来这许多年，心里竟慢慢地攒下了这么多温柔的时刻，不动声色地把我的人生导入了这样的现在，也将会引我去更不一样的未来。

也许关于旅行这件事，谁也不该赋予它太过深重的意义，更别把它当成是毕生的梦想。

又也许人生的所有事情都应该这样，应该大醉的时候别少喝，应该奔跑的时候别停着，应该漂亮的时候就打扮，应该出发的时候就启程，去想去的地方，做想做的事儿，成为想成为的那种人。

人生就是一场旅行

老M

那年我32岁，别人都『老公孩子热炕头』的年纪，我却遭遇分手，只身上路，带着一只泰迪熊聊以自慰。7个国家，16个地区，短期观光长期支教，大概一年的时间。最有魅力的，不是看到的风景，而是从风景和人文中发酵出的那些经历。

无论多好的话，被说的次数太多，就让人没有感觉了——当然，如果说的次数更多的话，可能还会有负面的感觉——厌烦。当大家已经对一个说法的泛滥感到厌烦的时候，如果还坚持不懈地继续说下去，有时候反而会有重获新生的另一种效果——这个词或者句子，已经不再代表它本来的意思，而是被重新解释之后，被赋予了略带反讽的新的意义。于是，一个被集体重新制造的新词诞生了，虽然表达方式还是旧的，但是因为含义是时髦的，所以大家重新发现了使用它的魅力。

你明白我的意思。

如果一定要举一个例子的话，比如——可爱？

作为一个写作者，用一句世人皆知的陈旧比喻是丢脸的事情——虽然每次说到旅行，我都最先想到这句话，并且对其深深认同。旅行和人生之间的相似性真的很多。比如有起点有终点，比如过程比结果重要，比如感受比经历重要，比如每个人都是选择性接受信息等等。可是，为了让自己更有感觉，也为了读者的阅读快感，我们必须不断地寻找新鲜的比喻，以表达同样但又不尽相同的意思。于是在不同的形容和阐述中，同一件事情可能变得更加清晰、更加吸引人了。最近，我喜欢的说法是："人生是个游乐场，我们要做的就是尽量玩得爽一些。刺激的凌霄飞车也试试，浪漫的旋转木马也坐坐，虽然结局都是天黑回家，但是玩的项目够多，心情够爽，才够值回票价。"

仿佛是显得更新鲜一点了，是吗？跟读到第一句的时候

的感觉相比，你觉得我好像离庸俗的距离稍微远了一点，是吧？

我是想说，这就像：

你在家明明生活得挺好，你妈妈做的饭也够好吃，公司老板对你其实还不太差，过年过节也有粽子、水果和几百块的购物卡，你住的地方没有空气污染而且房子还是朝南的，有心事的时候也能有几个随叫随到的朋友——总体来说，你的生活真的还不赖，可是你就是总想出去看看，看看其他的风景和别处的人们。你所在的地方并没有问题，问题就是你对它太过熟悉了，于是你麻木了，然后厌烦了。我是想说，这就像，“人生就像一场旅行”这个说法并没有错，但是我们还是不想再说它，也不想再听它了。我们就是想找找有没有什么新的说法，能引起我们新的兴趣。

然后，我们就出发了。

无论资金是不是充足，旅行这件事，一定是有一点辛苦的。即使物质上无忧无虑，也会遇到很多节外生枝——在家的时候，我们叫它“突发状况”；在旅行中，我们叫它“奇遇”。如果身为作家居然遇到了抢劫，那可真是“大快人心”，回来的旅行书中又多了一个卖点，也许因此能多卖几百本。

还会遇到很多个性不同的人——在家的时候，我们叫“无法沟通”，在旅行中，我们叫“坚持自我”。那些拥有奇奇怪怪的人生观或者说梦想，而且为此执着的怪人，很多时候会在我们的回忆中留驻很久。

我们还会遇到一些或长或短的缘分——在家的时候，我们叫它“露水情缘”“烂桃花”，在旅行中，我们叫它“艳遇”。一觉醒来，你可能真的连他的名字和籍贯都不清楚，更不用说星座、学历了。可是，你知道他最深的秘密和最大的爱好。你们也许是最了解彼此的人。不问将来，不问以前，这也许才是男欢女爱的最高境界。

在旅行中，我们还会做一些费力不讨好的事——比如用一整天的时间，故意不打车，全靠外国地图和蹩脚英文去找一个景点，即使最终失败。在家的时候，我们叫它“自找苦吃没事找事”，在旅行中，我们叫它“看到意想不到的风景”。

你看，在旅行中，我们的标准总是不一样。

在旅行中，我们想要的就是“看到不一样的，体验不一样的”，所以我们对那些不一样，都心存感激。比如，摩梭人的婚恋观和我们是不一样的，通过走婚的风俗，我们知道了原来爱情可以脱离婚姻、责任、物质等等所有外界的因素单独存在，而且他们的生活更加纯粹，更少争执和不安。

当然，在旅行中，我们还会看到很多和在家里“一样的”，这些一样，会让我们更加深入地了解和体会它的原因。比如，西班牙的老爷子、老婶子们也喜欢在茶余饭后聚在小酒馆里高声歌唱和弹奏，只不过他们玩的是弗拉明戈，我们在公园里唱红歌，拉二胡。于是我们了解到，所谓艺术，真正强大的生命力和魅力来自于哪里。

在旅行中，我们没有预设，没有期待，没有“必须如何，应该怎样”的信念，所以我们有更多的包容，对所有发生的事情有臣服之心，能真正做到“随遇而安”，享受当下。所以，旅行带给我们很多美好的感受。

看了很多风景，经历了很多事情，见过很多人之后，你回家了。

你发现，跟法国餐馆里半生不熟的牛肉比，你妈做的饭真是好吃——而且便宜多了，于是你吃饭的快感增加了。你发现，跟印度人民的卫生条件比，你生活的地方还不错，虽然自来水有时候洗过死猪，而且氯有点超标——可是恒河里面漂的是死人啊！于是你觉得差不多就行了，能不抱怨尽量不抱怨。你还发现，其实你每天的辛苦不是必须的——菲律宾人每天三个饱两个倒，兀自过得开心，但是同时人家不攀比，不追求物质，也不要求穿名牌上大学，他们能接受自由松散的生活。当然日本人节奏迅速、一丝不苟，他们也得到了高精尖的物质生活——一切都是选择，一切都是有代价的。最重要的不是过什么样的生活，而是选择自己的生活方式，并且自得其乐。于是，当你逼着自己去见那个刁钻客户的时候，晚上就大吃一顿奖励自己。当你实在不想去见的时候，就不去，但同时接受损失一笔订单的结果。你知道你会为自己的选择负责，而不是“不得不”如此。你总是有选择的。

当你重新考虑自己的恋爱问题的时候，懂不懂得海鲜配白葡萄，穿正装、黑皮鞋不能穿白袜子，以及到底有几套房子的房产证写不写你的名字，仿佛没有那么重要了。当然，品位和物质依然重要，但是，自然，真实，在遇到困境的时候的忠诚以及相同的价值观，仿佛是排名更靠前的。这些更加基本的品质，不仅能让你的旅行变得更加有趣，而且能让你的生活更加顺畅。

是的，我是想说，生活还是那个生活，月亮还是那个月亮，星星也还是那颗星星，但是你脑子里的东西变了，你看事情的眼光变了，所以一切又都不一样了。生活仿佛又不是那个生活了。

正是因为怀揣着最遥远的梦想，才能甘于过日常的最朴素的生活。因为追寻过最遥远的梦想，所以能够带着新的视角享受眼下最朴素的生活。

这就是旅行的意义，不是吗？

旅行的意义从来都不是泡在外面不回来，而是回来过更好的生活。

亨利·米勒说，旅行的目的地并不是一个地方，而是看待世界的角度。从这个意义上说，每次旅行的终点都是一样的——我们自己。

★★★★★★

说起来，作为一个“情感作家”，接到的读者来信还真不少，大部分感情失败的人会抱怨同一件事：“早知道要分手，就不该跟他谈恋爱，白白耽误时间。”

且不说无论是谁主动离开，都是没找到合适人选，人家也陪你玩了几年，发现不是真爱，时间也算“耽误”。也不说分手这件事，从来没有“早知道”，不出发怎么知道能到哪里呢？我们就只说，抱怨旅途太短，或者目的地不够好的人，一定是路上玩得不够爽。如果一路上每天过得都很开心，无论旅行在哪站停留，都应该庆幸经历的精彩吧？就像是，抱怨游乐园关门停业的人，一定是在这个游乐场玩得不尽兴，

如果每个项目都尝试过了，所有时间都是美好的，即使游乐场停业搬家，也会很开心地跟它告别，并且感谢它带来过的所有快乐吧？

如果我们真的能把人生当成一场旅行，也许就会更专注地享受每一天、每一刻，享受那些惊险刺激，也享受那些悠闲散淡；欣赏路上的繁花烈火，也欣赏路上的古藤老树；爱人们带来的温暖柔情，也爱人们带来的冷漠伤害。因为正是这些，让我们成长，让我们一次次地把心胸扩大一点，再大一点。用来包裹容纳，用来承载幸福。

旅行于我，从具象的地理的旅行来说——失恋之后，一场长达一年的疗伤之旅，救了我的命。

那年我32岁，别人都“老公孩子热炕头”的年纪，我却遭遇分手，只身上路，带着一只泰迪熊聊以自慰。7个国家，16个地区，短期观光长期支教，大概一年的时间。最有魅力的，不是看到的风景，而是从风景和人文中发酵出的那些经历。我相信那些故事和人都是安排好的，一个个像卵一样悬浮在空间里，只等我执行预定的程序，到达那个地方，跟它发生作用，把卵孵化成一段经历，然后汲取养料，滋养大脑。

从不敢独自过夜的小女孩，到随时能一个人上路的大女人，只需要一场旅行。

从在被誉为“天堂”的马尔代夫痛哭，到身处困境依然微笑，只需要一年。

在西班牙的共计5个游客（其中3个男性）的空调失灵的夜间大巴上，我是个勇敢的女汉子；在被抢劫后护照和现金丢失，报案之后等待警察的陌生街道上，我是个坚强的女战士；在山里孩子的炯炯目光和烁烁鼻涕面前，我是个和蔼的乡村女教师；在异域男孩湿润的嘴唇面前，我是块害羞的小点心……所有这些经历，都拓宽了我的内心和勇气，让我能在不同的状态下自如切换。就像被强行投入到惊悚、爱情、搞笑、动作、科幻或文艺的影片中担任女主角，当每个角色都游刃有余，每种境地都拿得起、hold得住的时候，戏路拓宽了，能力磨炼了，离拿奥斯卡奖也不远了。

所以你看，人生不仅仅是一场旅行，是游乐场，还是电影呢。

用一辈子的时间活出几辈子的经历，用一年的时间体验几年的感受。这样的人生，真是赚了。

西班牙的蓝天，并不会让我抗拒北京的雾霾，却让我能在面对它的时候，在心里留一片清澈；乡村小学生的笑容并不会让我每天都快乐，却能让我在不开心的时候，知道自己还有另外一个选择；土耳其的安拉和基督，并不会保佑远在中国的我心想事成，却让我在经历不如意的时候，心里多一分安定、坦然。

从抽象的人生的角度说，现在的我，在经历一场更加刺激的旅行——我的预产期就在五天之后。我在旅行过了单身、失恋、恋爱、结婚这些“景点”之后，现在即将离开那个叫作“怀孕”的地方，经过另外一个面积不大但是据说刺激异常的“分娩”的城市，然后进入一个叫作“妈妈”的地区，玩一玩角色扮演的游戏。

同时，为了增加游戏的挑战性和旅行的丰富度，我还会一手创造一个全新的人物带入其中。一开始他只是我的旅行的配角，但是若干年后，他就会开始属于自己的旅行。

一开始我是很担心的，怕他输在起跑线，怕他成长遇到困难，怕我不能给他最好的教育，怕他吸雾霾、吃地沟油，怕他遇到色狼校长、不良人贩，怕他被应试教育毁掉……后来，我意识到，作为一个生活的旅人，他要做的只是用看风景的心，享受每段经历，顿时释然了——不就是玩吗！让他在精神上玩得开心，比让他在物质上玩得富裕要重要得多。无非是建个账号，起个名字，然后开始升级，买装备，攒血包，只要不被盗号，玩就是乐趣和目的。

所以，亲爱的儿子，欢迎到这个美丽又危险的星球，开始属于你的旅行，请务必玩得尽兴！

吴小凡（梵）

游历大千世界，观生命如梦幻泡影。走过17个国家，目前暂居委内瑞拉。

被原谅的青春

“我希望过的生活，是在炎热的下午，穿着巴基斯坦皮凉鞋和细麻的薄袍子，顶着满是发茬的光头，和一群和尚兄弟，骑着自行车，到处鬼叫。我希望可以住在有飞檐的金黄色寺庙里，喝啤酒，说再见……”

这是凯鲁亚克在《在路上》中描绘的梦想中的生活。2000年的时候，电影《海滩》里的莱昂纳多也穿着最简单的T恤、短裤，踏着最便宜的拖鞋，像其他来寻欢作乐的西方年轻人一样，把最荒唐放纵的青春留在了东南亚那片热到只知道流汗的土地上。

在泰国见过太多这样的年轻人，他们搭了十几个小时的飞机，在飞机上看着电影喝了6罐啤酒，彻夜未眠，然后终于抵达了东南亚的门户——曼谷，一座令人迷失、令人眼花缭乱的不夜城；他们用暑期打工赚来的钱出门旅行，肩上背着崭新的70升的背包，穿着印着大象的大甩裤，把青春安置在廉价旅馆的白床单上；他们在人来人往的考山路街头点一份炒面，一根接一根地抽烟，虽然手头并不富裕，却总有足够的钱买啤酒，在酒吧来一场烂醉。他们很穷，他们落魄，但这又有什么关系呢？他们年轻，他们放纵，没有什么好仰仗，只有一副好皮囊，和一双明亮的眼睛，写满对世界的渴望。

但如果说岁月如金，人生里大概再没有如此挥金如土的岁月了。

帕岸岛上的满月派对，风中飘着浓烈的荷尔蒙的味道，鬼佬们穿着印有“Full Moon Party”字样的荧光色T恤，裸露出的胳膊和大腿上涂抹着五颜六色的图案，他们左手拿着啤酒，右手搂着朋友或爱人，如动物般昼伏夜出，在海滩的小巷里摩肩接踵，大声鬼叫，眼睛里发出幽亮的光，年轻的脸上写满兴奋与放肆。海滩上一排排的酒吧里放着和欧美同步的夜店歌曲，头顶的霓虹灯变换着迷幻的灯光，照在人们的脸上忽明忽暗，各种颜色的头发、眼睛、皮肤，各种分贝的尖叫，在一个个不眠的夜晚，他们在一片异域风光里对酒当歌醉生梦死，过着没有明天的日子。只因这里是泰国，人们在遥远的东方摆脱了世俗的牵绊与束缚。他们忘记了自己的身份，自己的背景，只知道抓紧日光下无处躲匿的欲望。

年轻真好，可以荒唐，可以纵情享乐，可以为所欲为，可以宿醉一场，可以沉迷在酒精和性里无法自拔，且不计后果。

但也因为年轻，所有人都只看到了阳光海滩，大片的棕榈树，却没有人注意过派对结束后退潮后的海滩一片狼藉，那些荒芜的街道，随处可见的空酒瓶等垃圾，像青春席卷而后的残骸。

2014年4月的时候，我坐车穿过海岸线从巴塞罗那到法国的蒙彼利埃，西班牙的海水颜色深蓝，在太阳光线的折射下，竟美得让人时刻都想纵身跃入。同伴是在拼车网站上找到的，三个法国大男孩，20岁出头的年纪，稚气未脱中又带着几分成熟稳重，说起法语时柔软得像喃喃耳语。

在车上闲聊，后座的男孩问我来自哪里，我说中国，他突然叫了一声说："Kilian，你去过亚洲吧？"前座开车的男生有一头蓬松的棕色鬈发，穿着圆领T恤、条纹衬衫，戴着深色墨镜，虽是简单的搭配，却也在细节里显出良好的品位，说话克制，彬彬有礼。处处照顾同伴，会帮女生先拉开车门，像典型精英阶级家庭里那些谦逊、富有教养的孩子，虽然物质丰盈，却并不炫耀。

我想象着他的人生，上最好的大学，读最好的专业，以后也会拥有和父母一样稳定舒适的工作和生活。然后就在这时，这个叫Kilian的男孩透过反光镜眨着眼冲我笑笑，回答了刚才那个问题说：“嗯，我去年夏天和几个朋友去了泰国。”

“泰国”，听到这个词我忍不住会心一笑，脑补一下眼前这个法国“乖乖仔”，穿着印有“Tiger Beer”字样的，只要100泰铢的廉价T恤，戴着新买的5美元的塑料墨镜，背着背包和同伴走在曼谷白天热浪袭人的街头，穿梭于一个又一个旅行社、便利店、文身店和按摩店之间的场景，他也会在夜晚买醉，酒后失态宿醉一场，也会在房间里吞云吐雾抽着叶子，和在酒吧认识的、连名字都不知道的女孩享受片刻欢愉……

我好像一下明白了些什么，这个在自己国家一本正经、谦逊有礼的男孩，虽然以后也会穿上西装，打上领带，过上人人羡慕的安逸的生活，但他也像那些在东南亚随处可见的醉生梦死的年轻人一样，把最荒唐放纵的时光、最疯狂肆意的自己留在了那片欲望疯狂滋长的热带土地上。

直到成熟后的某天，世界甚至愿意原谅他们当时的幼稚。

我忘记了
昨日旅行的意义

刘嗯嗯

虽然旅行本身对我而言毫无意义，但却是我永远花不完的财富。

我去了大西北。出租车司机师傅问我：为什么叫大西北？我说：因为地广人稀。我睁着略疲的眼睛望着车窗外，在北京晚高峰的时段在大西北的公路上飞驰，湛蓝的天上云彩也跟不上了。

从北京参加完姐姐的婚礼，匆匆卸了妆就想连夜赶到银川，结果到了目的地已是阳光明媚。空气好，阳光足。我与小珩裹成粽子一样去吃了旅行中的第一顿早餐：烩小吃加烤羊排。一想到羊排油滋滋地咬在嘴里的感觉和小吃的酸爽，我就禁不住想再走一遭。

要去沙湖得坐中巴车，一个多小时的颠簸把我俩瞌睡的小脑袋晃得乱扭。

从没想过征服高山、征服大海、征服天空、征服沙漠，也从未想过征服自己。当我勇敢地抚摸一个人的脸庞，发现温暖与胡碴并存时，我欣喜中略带着沮丧；当我睡下，我变成丹顶鹤，变成乌鸦，变成明星，变成爱人的爱人，我沮丧中也小有惊喜。

紧攥着的是命运，撒开的是幸福。流沙的人们，流沙的心。

人生如戏，每个人都是好演员。到了西部影视城，我才深深体会这句话，不走出去，你以为眼前就是世界。

走在一条条布景的街道，看着一个个似曾相识的小摊，也许到了下个世纪，下个几百年，王府井、南锣鼓巷、酒吧一条

街也许会是另一个影视城了吧。时代变换是科技的不断发展，可人与人之间的关系变化我还是不懂，是一个说走就走的旅行容易，还是一个说分开即东西的两个人更快一些？

每次旅行的开始像打开一本新书，前两页翻过去，精彩便会娓娓道来。旅行更胜一筹的是在路程中就能体会美好，银川飞往嘉峪关的飞机带我们穿越了沙漠，小珩一直问：这么多黑点是什么？我也不知道，谁又知道下一次陌生带来的是笑声还是泪水呢？

嘉峪关给我带了很多礼物，比如阳光、流水、啤酒，还有歌声和情谊。

嘉峪关并不大，我们一到酒店就迫不及待地出去觅食，吃了烤串，喝了杏皮水，带着半分倦意进了嘉峪关11 livehouse，不吵不闹地喝着啤酒叼着烟看他们聊天，听他们说话。我其实不在摇滚圈里，听着几首翻来覆去的民谣曲子，没有了家里的门禁，没有电话，了无牵挂，我像是真正地回到了家。

马上望祁连，奇峰高插天。西走接嘉峪，凝素无青云。未见祁连山，倒是看到了祁连山的雪水，站在天下第一墩屏障后的峡谷上往下望，水声浩大，那水青绿的透亮让人真想尝一尝，必定甘甜可口。愿你流到天边，迎接晚霞；愿你冲刷心灵，使之平安祥和。

没有过多的语言与嘉峪关新识的友人告别，只是迈着大步走出去，走出了嘉峪关，走到了下一站：敦煌。

讲解员是个女人，她说她是从大城市嫁过来的，便入乡随俗，原来的专业是外语，而现在的十几年的工作是在用最熟悉的母语讲述老故事。她的声音委婉诱人，每进一个洞窟就小心翼翼地用手电照向壁画，曼妙地讲述着，轻声细语生怕惊醒了歌者和舞者，还有保佑福泽万年的释迦牟尼。我脑中空空的，壁画故事环绕耳边，在这黑色笼罩下的绚烂洞窟里，仿佛几千年前的画匠就伏在安静墙上作画，脑海里灯火辉煌，歌舞升平。

从莫高窟回来之后，小珩找了一个离鸣沙山月牙泉附近的农家院，宿在那里的当晚，我们与老板娘畅谈。老板娘说以前来过一群北京的老头，自驾去西藏的，身体健康，活泼风趣；还有一个北京的小姑娘，可惜赶上了沙尘暴；老板娘看我们的眼神是怜惜的，给我们削苹果，买花生和梅肉，她认真地疼爱着每一个过客。

鸣沙山便好像是一个成功的熟男。它的拥抱是疼痛的，感情是炙热的。在这里，有风来，你就眯起眼睛任凭沙子打在脸上，享受自然给予的疼痛。

鸣沙山的沙子每一颗都很认真，它们细微、独立又团结，柔中带刚，风一来集体顺着沙坡拼命地爬，拼命地飞扬，有很多还未来得及落地就摔在我的胳膊上、脸上、头发里，还钻空子进了内衣里、衣服里。就像一个成熟男人的亲吻，唇齿间的柔情带着胡碴一并给了你。

第二天，我告别了小珩，独自去了张掖。

旅行的意义分多种，我喜爱的是风土人情，晚上7点到了住处，饿得前胸贴后背，便赶紧叫老板娘做了炒炮和青菜，边吃边和老板有一搭无一搭地说话。和他们老板聊到尽兴之处，我连嘴里的羊蹄儿都掉了。我上了老板家的房顶，楼下那个和我说过话的青年叫我下去聊天，我隔着晾衣绳看着远方张掖的七彩秘密，心里什么也没想。

就是那一瞬间，我便爱上了这里。

清晨的丹霞宁静、清凉，日出微黄。我选择了步行，路过了“红黄绿青蓝”色的山，又碰上了“绿蓝青黄红”色的山。我挖了土，重新围好头巾开始唱歌，唱《你到底爱不爱我》，唱《一直往南方开》，唱《夜空中最亮的星》，唱《像鹰一样》……我拽着自己疯跑、跳跃、大喊、哭泣，我踏在彩色的

石阶上，忘记了到底想了哪些似曾相识的事情。

后来离开张掖后，我去了兰州，书翻到了最后一页，就放慢了脚步。在兰州吃了拉面，盘旋着上了白塔山，山上陡峭多水，我得等喷水口转到树上才能快速跑过去。转到无人处，我也学着鸟儿唱歌给朋友听。白塔山犹如森林般树木郁葱，像在探险，像是生活。

我对大西北的印象在我临走那天已然记不得了，可能太专注沉浸，忘记了要记忆。而我现在回忆起，丹霞，拉面，白云，手抓羊肉，沙漠，仿佛成了最根深蒂固的记忆，但又依旧模糊不清。我摸着在嘉峪关峡谷捡的一颗石头，摸着它，闭上眼，就好像能回到那里……

虽然旅行本身对我而言毫无意义，但却是我永远花不完的财富。

贾树森

做一个生活的温暖记录者，拍又美又有温度的照片，是他后半生想做的事。

最美的场景，永远是生活本身

“你拍过的明星，谁最好看？”

知道我是摄影师之后，很多人会问这个问题。

不知道从什么时候起，“摄影”在很多人心中被简化为“时尚摄影”。很多人听说我是摄影师，更多的是去关注那些杂志大片的拍摄花絮，封面明星的幕后八卦，时尚模特的姿势展现。仿佛在生活中，那些时尚杂志中的美丽脸庞是最值得拍摄的，身着名牌的模特才是镜头的焦点所在。

其实，所谓“时尚摄影”，基本上都是摆拍的。也就是说，在化妆、道具、服装、摄影、修图的集体努力下，通过模特本身，用表演的方式，达到某种拍摄效果。就像是凝固的平面电影，是“演”出来的。那惊艳的美丽瞬间被相机定格之后，屏气收起的细腰会被赘肉遮盖，油彩洗掉后的皮肤会露出痘痘，高级定制服装脱掉之后，会被小心地送回品牌公司，而模特们会换上高仿名牌，挤在大排档边吃烧烤，边吐槽演艺公司。

而此时，你手里正拿着当期杂志，对着经过深度PS的大片流着口水，膜拜着时尚教主们的精致生活。

没错，这些照片很美丽、很精致，但不真实。

这是时尚，不是生活。

这是摄影师的一部分工作，或者说是一部分摄影师的工作，但摄影远远不仅如此。

我拍过的明星，谁最好看?

一张张妆容精致的脸在脑海里闪过，飘走。

两张照片从心底里升起来，有种温暖的感觉。

一张是在日本冲绳岛。海边的晨曦中，一家人在看日出的背影。爸爸把女儿高高举过头顶，女儿穿的斗篷被风吹起，低头看着爸爸开心地笑。站在一边的妈妈也仰着头，幸福地看着女儿和丈夫。他们面向着朝霞的方向，身上笼罩着一层暖暖的光，就像是幸福的颜色。他们周围的空气变得柔和，大海也仿佛更加平静了。一家人就这样忘我地沉浸在自己的小幸福中。也许，这只是他们无数生活片段中很普通的一瞬间。可这一瞬间，就足以定格为一幅动人的画面。最动人的部分，就是他们

身上自然而然流露出的温馨。彼此间的默契感应就像是磁场，只属于真正幸福的家庭。

最好的照片是摄影师自己先被打动，抛开所有的技巧和知识，只是轻轻地按下快门，毫不加工地记录下那个最美好的时刻。这一刻，摄影师本身是不存在的。带着感动拍摄出的作品，胜过所有的摄影教科书。

在旅行中，我经常会遇到这样的感动。

旅行中会遇到很多人，路上的人，当地的人。他们有着自己固定的生活轨迹，或快或慢的，走着自己那条或喜或悲的路。总有一个瞬间，周围的环境和他们配合起来，像一幅有故事的画面。于是，作为一个陌生旅人，我和他们的生活有了透过镜头的一刹那交点。“咔嚓”之后，也许此生再难见面。但

是那一刻他们带给我的感受，会一直留在生活中。也许会帮我意识到自己拥有的幸福，也许会提醒我生活本身的快乐。

另外一张是我和妻子的自拍，漂在马尔代夫的海面上的婚纱照。那里的海水是如此清澈湛蓝，像一块流动的玻璃，那种美无法用语言来形容。海里有成群的从未见过的色彩艳丽的小鱼精灵一样游来游去。此情此景，别无他想，只想纵身跃入其中，成为它的一部分。一切都是如此自然，我们只是本能地漂在水面上，任由心中的快乐流淌到脸上，没有经过思考地按下相机的遥控快门。而大自然是最好的艺术家，所有的构图、色彩、光线，都配合得刚刚好，胜过所有的海边婚纱摆拍照。

就摄影而言，并没有“人定胜天”，最好的状态，是“天人合一”。当照片里出现的天、海、鱼、沙，当所有元素，都感觉到最舒服的状态，他们组合出来的，一定是一张出色的照片。这种感觉，通常在旅行的时候才能找到。

其实，旅行中最美好的风景不是相机拍摄下来的，而是放下相机，成为照片的一部分。

我在北京电影学院学过几年平面摄影，所谓科班出身，对于摄影所有相关的理论和技巧相当熟悉。我知道一张照片中，最“正确”的色彩搭配，最“正确”的沟通方式。但是旅行中，眼前铺展的画面从来都不是最“正确”的，却是最适合此情此景的，是最美的。不同的民族、地域、宗教，淬炼出决然不同的色彩、结构和整体风格。每一种都深具特色，风格迥异。如果有共性，就是它们都是“美”的。

每一次旅行，都像是一次进修。

向浑然天成的大自然，学习最完美的构图、色彩和光影。向旅途中遇到的活色生香的人们，学习如何用最真实的生活本身，去打动人。

最美的场景永远是生活本身，生动、自然。那些看似随意呈现的所有元素，反而具有某种特别的魅力。因为他们就该在那里，他们的存在不是为了建构出某种视觉效果，他们摆放的方式也没有经过符合审美的斟酌，它们只是以自己本来的方式存在着，直到被人们看到它们的美。

最美的人物，也并不是妆容精致的明星和模特，而是那些真实生活着的普通人。他们的喜怒哀乐、七情六欲，都因为真实，而呈现出一种“活生生”的有生命力的美。因为人性本身就是美好的。脂粉能画出好肤色，但是画不出真实的表情。服装能塑造好身材，但是造不出丰富的肢体语言。

在我眼里，所有真实的东西都是美的。即使真的丑，也美过假的美。

旅行提供了机会，让我得以看到真实的自然，真实的生活，以及在生活中的真实的人。去捕捉那些转瞬即逝的普通的生活中的美，并且将它定格。记录生活本身的美，这是作为一个摄影师觉得最有意义的事。

这也正是旅行的意义。

路上的美食，可以抵抗全世界的悲伤和迷惘

越南的瘦与馋

牛仔小镇的美食

湄公河上的船餐馆

是隆路上的华人味道

冰岛是个没有狼群的 国度

当我们谈论旅行的时候，我们在聊美食

在最美的风景里

蒋瞰（不系舟）

比起漫游，更喜欢有目的、有记录的行走，听当地人的故事比看风景有意思。如果说这就是梦想，那么，我活在自己的梦里。

越南的瘦与馋

越南人犹如他们的国境线，瘦长而玲珑有致，几天来我没在街上见到一个胖子，对此深感忧虑。于是我开始观察他们的饮食，这才发现越南真是个又馋又瘦又美好的国度。

越南人会吃，也懂吃，甚至还创办了名目繁多的cooking class，所以想瘦，未必要节食。

江流入海，沃野平波，两年可熟7季的优质稻米是越南人民生活的主食，因此演化成米纸、米粉、米糕、米饼。我曾到过的福禄县悦椿中餐厅，便是以rice打头的店，一楼的rice bar主要是寿司吧，下一楼的rice bowl以亚洲菜为主。我说："给我健康的食物。"服务生反问："什么是健康的食物？"我支支吾吾，再返回看菜单，清汤河粉、芒果沙拉、米纸春卷，好像没什么菜是浓油赤酱的。

鱼类、虾类是他们的主食，青菜水果种类繁多。由于承袭了中国饮食阴阳调和的饮食文化，越南菜的烹调最重清爽、原味，以蒸煮、烧烤、焗焖、凉拌为主，热油锅炒者较少。即使是一些被认为较上火的油炸或烧烤菜肴，也多会配上新鲜的生菜、薄荷菜、九层塔、小黄瓜等可生吃的菜一同食用，以达到“去油下火”的功效。

鱼露、葱油、炸干葱和花生碎粒是越南饮食的“四大金刚”，鱼露的鲜香、葱油的浓香、炸干葱的焦香和花生碎粒的清香着实为菜增色不少。而香料的使用更是越南菜的重中之重，与印度香料最大的区别在于，越南的香料都是用新鲜的植物做的。香茅，是越南菜里最常用到的一种调味的作料，带有一股浓郁的花香；柠檬草、罗勒、薄荷、芹菜、洋葱、青葱、欧芹，本土味加异域风。

在吃越南菜的过程中，鱼露的使用是关键的地方。鱼露用纯天然的方式经过长时间来腌制，集中鱼的精华，有很高的营养价值。虽其貌不扬，不过在蘸上食物并送入口时，却有种说不出的鲜美，所有浓腻化不开的菜，若放少许鱼露便有清新的风味。据说鱼露还是越南妇女身材窈窕的秘方，妇女长期服用可葆青春体态。

从越南回来后，我一直用在越南买回来的宽河粉、姜黄、柠檬、辣椒，自制河粉，并且像在当地吃到的那样，准备一个

小碟，薄荷、九层塔、青柠檬、胡萝卜丝儿另放。一碗清汤加白细的粉儿，一碟配菜，最后是单独装盘的生牛肉。吃的时候先把生牛肉倒入热清汤里烫到近熟，再把配料等拨入碗中，配上洋葱、姜、肉桂、八角、茴香、辣椒，再浇上酸橙汁和鱼露，挤上几滴青柠汁，再用筷子将碗中的米粉挑松，让这些调味料之间微妙的冲突将简单的汤变得迷人。

我很馋这碗透着鲜味的汤，每天在味蕾上比较着，离那种鲜还差多少。在西贡时，曾见过住家将猪骨、肉皮等一起炖出来的高汤。喝干了汤，就挑出剩下的河粉拌上酸酸甜甜的辣椒酱。

不过，比起越南当地人，我还没有习惯一早起来就来一碗热气腾腾的汤粉。尽管许多餐厅整日都提供这种美味的越南主食，人们通常还是在早餐时食用河粉，小贩们也一大早就支起了摊子。街头小贩们在小小的店面里开火，然后把烹饪成果端到街边，顾客们则坐在不结实的凳子上，围着矮桌吃一碗热乎乎的河粉；或是巷口的小贩拿一根扁竹，挑着两箩东西，前面的摆着粉条和配料，如扎肉、牛肉丸、生牛肉和熟牛肉等，后面的箩子装着一锅汤，下面是烧着的木炭，汤上有层油。在这里，你从早到晚都能见到许多河内人跑来开心地吃上一顿，他们对身边来往不息的机动脚踏车和自行车浑然不觉。

用箩筐装着的越南法包（Banh mi，越南语音“邦米”）是越南街头的一景，往往都在很不起眼的小铺里或手推车里堆着。法棍拥有各种各样的忠实顾客：骑自行车的女学生，开小轿车的生意人，蹬机动车的主妇们。而越南人将法棍作为主食的历史可追溯到法国对越南的殖民统治时期，吃法棍，内中夹的东西可谓品种丰富，通常在纵向剖开来的法棍旁都有一大堆的配料，比如鸡肉、熏猪肉、火腿肠、蛋丝、香菜、葱丝、香草、酸萝卜丝、小辣椒、黄瓜条等等。但是，你也会惊奇地发现，从这座城市任何一家时髦的新式面包房或是咖啡厅里，都买不到法包，只有在街上、小巷里和公车站旁边的小摊上才有售卖。为了保温，许多小贩把面包放在煤火盆上，或者盖在竹篮里。刚烤制出来的法棍咸咸的，麦香十足，外硬内软，非常有韧劲，啃得人牙酸。

美景当前，自然要收敛，就像法国绅士们吃法棍时，并非用刀叉去切，而是用手去拧，拧下一块蘸些咖啡细嚼慢咽。似乎在侧耳倾听一曲*Ave Maria*——传说上好的法棍刚出炉的时候，它自己唱的就是这首歌。刚一撕开，碎末子就不断往下掉。

冰清

旅行的意义，便是能遇见散布在世界角落中的美食。

牛仔小镇的美食

作为美国著名的国家公园——黄石公园必经的小镇，Jackson Hole可以说是尽人皆知。

如果从加州往北开，去往黄石公园，一路会经过很多美国西进的历史遗迹。众所周知，美国建国始于东部，为了开拓疆土，为了寻找更多资源，美国人开始向西移民。加上西部发现金矿，让众多做着发财梦的人趋之若骛。然而，这一路艰险无比，要翻过雪山，当时没有现代交通工具，全赖以马车和走路。不是所有的人都能最终到达终点，相当一部分人死在路上，也发生过因为被风雪困住，失去食物来源，同行人自相残杀的著名donner party人吃人事件。这一路也能看到当年华人的遗迹。最早的华人移民就是从旧金山上岸，一路往北寻找发财的机会。华人不仅帮美国修了铁路，还把中餐带到了美国。有人曾经给美式中餐一个定义，是中国八大菜系之外的一个菜系。

Jackson Hole位于怀俄明州。这个州是著名的牛仔州，有着丰富的牧场资源和矿产资源，境内有全美最大的煤矿，也有金矿。促成臭名昭著的排华法案的石泉镇事件就发生在这个州里。当年中国人勤勤恳恳在煤矿干活儿，不懂得为自己争取权利。当爱尔兰人组织工会，要求提高工资的时候，中国人选择接受低工资，干更多的活。这样的认知差异导致爱尔兰人对华工不满，终于酿成石泉惨案。多名华人被杀，剩下的逃进山里又被野狼吞没。之后排华法案推出，来美国的华人急剧减少，这一情况持续了近百年，直到2012年美国政府才对此正式道歉。

小镇与农业州爱达荷接壤，经过小镇，穿过大提顿国家公园就到达黄石公园了。因此，这个小镇被称为黄石公园的门户。小镇有着丰富的历史。早期是一个叫Jackson的家族居住于此，做着皮毛生意。他们在这里捕捉水狸，剥去皮毛，贩售给制衣公司。这里是三面环山的峡谷，风景优美，牧草茂盛，有山有水。白雪皑皑的高山倒映在清澈的湖水中，美不胜收。麋鹿在冬天常到这里栖息，于是，附近也有了一个麋鹿养殖场。每年的鹿角脱下来之后，就有人收集起来，越积越多，后来这些鹿角被做成圆形拱门，放在市中心的公园里，成为这个小镇的特色。不时有人来到这里，看到风景这么好，就定居下来，小镇人丁逐渐兴旺起来，成为黄石公园附近一个重要的旅游小镇。连镇上建筑都极力保持着古朴的模样，以求恢复历史的原汁原味。在这里，时不时还能看到老式的观光马车走在镇上。镇上特色餐馆和卖纪念品的商店林立。许多名人也在小镇买房。这里虽然偏僻，但是房价可不低，百万房屋比比皆是，能够在这里买房的人非富即贵。据说著名影星梅尔·吉布森就在这里有套房子，麦当娜也有。

小镇的特色美食自然是各种非平日常见的肉类菜色，如鹿肉、麋鹿肉、美洲野牛肉等，这在其他地方的餐厅是不容易看到的。美国允许正常狩猎，只要你取得执照，就可以在允许猎鹿的季节打规定的数量。也有养殖场，长期供应附近超市和餐馆鹿肉。美国的鹿肉很嫩，没有什么怪味，而且脂肪少，都是精瘦肉，比较健康。美国人喜欢吃烤鹿肉，或者把鹿肉绞成肉馅，做汉堡吃。这种吃法在美国是非常普遍的，几乎在每家餐馆的菜单上都能找到。牛肉也有，但是很多游客觉得来到这里就要吃他们的特色饭嘛！在西黄石那边有家中餐馆，也供应鹿肉，他们会做甜酸鹿肉，炒鹿肉柳和蔬菜，中西结合，很受欢迎，不过价格并不便宜，要三十多美元一份，很少有中国人去吃。鹿肉做汉堡没有什么特殊味道，如果不告诉你是鹿肉，你也可能以为是牛肉。而且我觉得都做成汉堡，没有突出鹿肉特色，浪费了。还是将鹿肉切小块，用作料腌过，稍微在火上烤烤，卷到饼里吃最香。

JACKSON
HOLE, WY

黄石公园的麋鹿是原产美洲的种，印第安人很早就将它们驯化作为预备食物，也是他们文化的一部分。麋鹿肉做过冬的食物，麋鹿皮做成鞋子、衣服等，鹿角当装饰。他们还有个习俗，用赠送好友鹿牙的方式祝福对方健康长寿。麋鹿的肉介于牛肉和鹿肉之间，但是我觉得比鹿肉更加细嫩。美国对麋鹿保护得也很好，每年只有在特定的时期，有执照的人才能猎鹿。其实，在美国有很多驯鹿养殖场，提供的鹿肉足够供应餐厅和超市。这种鹿的鹿角曾经作为中国梅花鹿的鹿角替代品，大量销往中国，后来人们发现这么做很危险，因为这里的不少麋鹿都染上一种对人有害的病毒，如果吃了鹿角，人也会染病，后来就不再出口中国了。不过，吃肉是没问题的。麋鹿肉很嫩，炒着吃，或者煎了吃，都是不错的做法。我们在小镇的一个叫“cow boy”的酒吧餐厅点了麋鹿汉堡和麋鹿肉夹饼，那真是一顿美味的午餐。汉堡是做成一口一个的小汉堡，肉饼薄薄的，放在小巧的圆面包里，上面插着牙签，咬一口比牛肉汉堡更香嫩可口。夹饼是用以色列人爱吃的pita饼，里面加切成小块、在火上烧烤过的麋鹿肉，加生菜、番茄片等，抹上美奶滋，肉质细嫩，美味赛过小牛肉。如果在野牛肉和麋鹿之间要我选择，我会毫不犹豫地选择麋鹿肉。

在黄石公园里，你到处都能看到美洲野牛，它那弯弯的角，长长的毛，很像藏区的牦牛。早年间，美国北部到处都是这种野牛。印第安人过冬就靠这种野牛过活。以前怀俄明州有很大的印第安部落，领头人叫“疯马”，骁勇善战。本来美国和印第安人签署互不侵犯条约，但是后来这里发现了金矿，美国政府想把地收回去，两方发生了冲突，打起仗来。最后，“疯马”打败了西点军校毕业的美国政府将军。政府看这招不灵，便找了个枪法好的士兵，不是去杀印第安人，而是去杀他们的食物——野牛。这个人功绩“显赫”，杀了很多野牛。冬天来临，印第安人没有了食物，只好投降。“疯马”为了部落的安全，自愿牺牲自由，然而他却被政府设计杀害。在来的路上，我们还看到了印第安人为纪念“疯马”在山上雕的一座雕像。已经雕了几十年还未完成。他们完全靠民间集资，所以筹到多少，就雕多少，雕塑家全家都在做这件事，几个孩子也都投入进来。虽然不能看到雕像的全貌，但是旁边一座缩小的汉白玉雕像可以看到未来的全貌——“疯马”骑着一匹白色骏马，目光如炬，手持缰绳，长发被风吹起，帅气英勇的样子，让人非常震撼！当时野牛几乎被杀得绝种，有一些人意识到要保存这个物种，就悄悄地赶了一些野牛到黄石公园保护起来，所以我们现在才能在黄石公园看到那么多的野牛。走在路上，经常能看到成群的野牛闲逛，你不得不停下车等它们过去。你还不能去招惹它们，要是它们被激怒了，发起脾气来可是不得了的。公园都有规定，一定要离开野牛一段距离，否则后果自负。这种野牛的肉特别坚韧，不容易做得好吃。做牛排很老，几乎咬不动。看到比较多的是做成牛肉饼的汉堡，吃起来倒也和牛肉差别不大。不过这种野牛脂肪少，大部分是精瘦肉，比牛肉更健康。还有一种食用方法是做辣豆汤，将野牛肉剁成肉末，用洋葱把肉末炒香，加辣椒、番茄块，还有红腰豆做成浓稠的汤，与饼干或者面包片一起吃。很神奇，这样做出来的汤，带着野牛特有的鲜味，反而比牛肉更加美味。如果有机会去黄石公园旅行，我强烈建议大家尝尝这种汤。

小镇还有个特色冰淇淋店，卖当地一种特产——哈克莓（Huckleberry）冰淇淋。这种紫色的莓果是爱达荷州的州果。它喜欢潮湿酸性土壤，直径5～10毫米，长得很像蓝莓，但是香气比蓝莓明显，也略微酸涩一些，带着特有的山野味道，我特别喜欢，特地点了个大号冰淇淋吃。这一带附近都有类似的甜品卖，黄石公园里面也有这种果子做成的冰冻酸奶卖，还供不应求，有时候都未必能抢得到。这种独特的莓果在其他地方没有卖的，所以来这里一定要尝尝。

和冰淇淋一起卖的还有一种独特的纪念品——鹿角兔子，是传说中一种长着鹿角的兔子。我问店员，这种动物到底存不存在？店员说她父亲说是存在的，不过她从来没见过。另一个店员说，这只是民间传说。那么到底如何，我翻看了资料后真是大吃一惊，原来这种兔子是得了一种病，被乳头状瘤病毒侵染之后才会长出角来，这就是鹿角兔子的由来。一路边玩边吃，倒还真学到了不少东西！

Jackson Hole曾经是历史上颇为有名的重要城镇，从镇上的许多遗址上还隐约能读出当年的繁华。只是感叹岁月无情，现在这里只是去黄石路上的一个特色旅游小镇了。我只能从支离破碎的古迹中想象着小镇当年的辉煌。

美国有不少像这样有特色的小镇，如果一个个逛过来，看风景、品美食，也是一件很有意思的事。

湄公河上的船餐馆

Mercurio

爱远方胜过所谓安定固守；爱稀落知音胜过芸芸人群。

不愿如庸碌者满于建筑空壳——做那斗室囚徒。

要做顶好的造梦者。

在匆匆世界，做温柔而有情的人。

穿越伊森的夜晚是多么漫长、多么寒冷啊。

摇晃的旧火车。

三等车厢的坐票。

冷风从合不上的窗吹进来，空气中弥漫着田野烧麦秆的烟灰气味。皮肤黝黑的人们彼此依靠、试图合眼——他们是自曼谷返乡的打工者。伊森是泰国最贫穷的地区，人们以原始农业为生。而我的旅途是要穿越伊森，直到湄公河畔的泰国边境。

第二天的中午，火车抵达廊开。一座粉白的石碑标出了国境地界。街上是草木搭的房屋，穿纱笼的女人，深土色皮肤的老人，手抓叶子包裹食物的小店……只需一瞬，我便爱上了这里。

湄公河缓缓流淌，平静无波。这里比对岸的老挝还要徐缓安宁，街道整个下午都无人经过。树丛中的房子和寺庙都好像沉睡了一般，一点风声就能传到此岸来。日子是停摆的时钟，我蓦然撞见过去，傍异域栅栏凝视河底的乡愁水草。

但今天是周末啊，泰国的周末总归是要热闹的。

约6点钟，紫色夕阳收起，深蓝夜幕铺陈。华灯初上，泰国人拿出一筐筐村庄里的手工品，老挝人把中国小商品和本地农产品运来贩卖。更多的是一家家老挝人，搭渡船过河闲逛。几个男人搭建简单的木台，调试着音响。这里的人越聚越多。相貌平凡、衣着朴实的学生女歌手上台演唱，她唱的泰北民歌曲调慵懒，绵绵的软香轻语在夜色中随风飘散开来。

在远方，我看到一座白塔。夜色中，白塔泛着宁静纯洁的光芒，像某种超然的所在。我离开夜市，向它走去，热闹被抛在了身后。脚下的路越来越长，人烟渐稀，唯风低语。

人们把许许多多的小船，用绳子一一牵系在树上，就泊在湄公河畔。船家多是餐馆，里面住上一大家子人，代代生息。每个船头都有一盏白炽灯彻夜亮着，灯火微茫，映照在湖里，被水波抚晃，好像梦里的淡淡星光。

我不知走了多久，到达了白塔。当我正欣赏寺庙里的壁画时，有人对我打招呼。他大约40岁，黝黑的泰国人长相，背着双肩包，一看也是旅游者。我们坐在壁画下，聊着天。他是北标府的大学老师，谦虚真诚，非常有礼貌。

“这座夜色中的发光的白塔是帕侬蓝寺，是廊开寺的复制品。”

“那么廊开寺呢？”

“在那儿。”大叔指了指湄公河说，“它沉在水底。以前旱季偶尔显现，现在完全坍塌。前年大旱，沉没的廊开寺又露出了尖顶。人们就赶紧给它系上七彩的绸布以纪念。”

我觉得这像极了凄美的爱情故事：一个守候岸边，一个潜入水底。

其实，这天是我的生日。身在异国，与这位偶遇的大叔颇有缘分，我便请大叔吃了晚餐。这里并没有高档的吃饭场所，几张椅子、一把炒锅，就是大部分餐馆的标准。我们点了啤酒，看着夜市中的人群，吹着湄公河的风，听着绵软的音乐，虽饭馆简陋，但却有了另一番惬意的风情。

第二天大叔说回请我，吃真正的生日宴。他挥手一指说：“就在湄公河上的船家吧！”

船上人家的年长女人主厨，年轻女孩记账，男孩收拾桌子、招待顾客，分工明确有序。这样，湄公河上的晚餐很快就被端了上来。

餐食都是典型的当地食物，一种伊森肉肠，切开后有些松散，瘦肉呈红色，用盐腌制而成。肉肠里塞进了柠檬草和剁碎的洋葱，配上腌过的姜条、切片的大蒜食用，颇为朴素。

这桌菜中，最美味的要数湄公河的鱼。鱼肉切成片，仅在

湄公河上的驿站

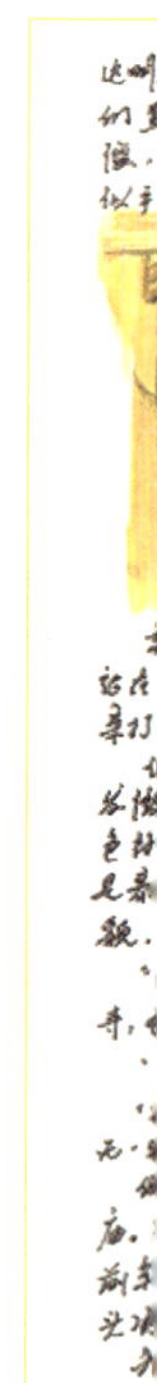

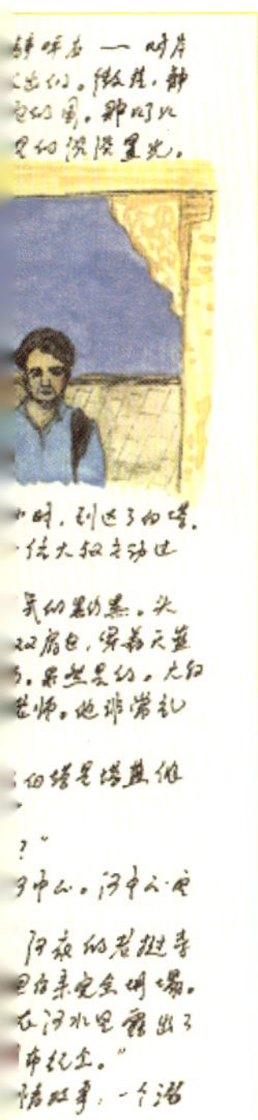

鱼骨架处相连。裹一点淀粉，下油锅炸至金黄色，鱼皮酥脆无比。中国人喜油脂香，泰国人则反其道而行。炸香的鱼要用柠檬、酸橙和番茄过一道，再放一点点糖，冲淡腥味，使之口感酸甜。最后辅以大量柠檬草、南姜、洋葱和青椒炒制，将泰国香料的味道渗入鱼肉里。

偶有人从我们的餐船前划过，看穿戴也许是老挝人。他们雇艘平板小船，带上孩子，席地而坐，摆上食物，在湄公河上沿着老挝国境线漫漫游荡。看惯了曼谷豪华、觥筹交错的大船，这朴实、平凡的小船，有种自由惬意、富有温情的感觉，竟让我微微感动。在微醺的朦胧里，回忆这船，仿佛承载一切最美时光永恒行驶，从不觉察老之将至。

就这样，我度过了28岁的第一天。和以往所有的生日都不一样。湄公河上的晚餐没有丰盛厚重的质感，倒是无比朴素。朴素得像这里平静的江景，像掠过船桅的风，像我中意要过的某种生活，也游荡，也忘怀，也沉醉，也长歌。

但，我不能久留。和大叔道别后，我便离去。离去时，我又望了一眼湄公河上的船餐馆，看见男孩把系在桅杆上的帘子拉开。红彤彤的落日，从被映照的橙红透紫的河面显现。那么平静，却心如潮涌。廊开给了我最美的最后身影。

最爱这样的暮色，真衬离去的旅途。回忆的过去和即将踏足的远方俱模糊，而我，夹杂在两团朦胧不清的暧昧中，和此情此刻的欣喜相守。那么真实，那么虚幻。一生多么短暂，一瞬多么漫长。就这样走下去吧。我对廊开小镇说声温柔的珍重，还有你——湄公河上的船餐馆，和这个生日教会我的一切。夜晚把记忆收进匣子，待重温时欣然开启，像盛出一个个的梦。而我会梦见足印里的水洼聚来了忘言的星辰；还梦见我的翅膀因飞翔在夕阳，沾染了天边的缕缕绯红的色彩。

Mercurio

像爱对过一个人，纵使离去，年华也不曾负你，所有味道涌入舌尖，每一口都是童年，每丝回忆伴着复杂的滋味一齐涌现。

是隆路上的华人味道

是隆路位于曼谷市中心繁华地带，这条古老的小路与现代金融区隔街相望。它起始于蓝毗尼公园，终止于湄南河畔。长路两端折射了曼谷的两副面孔：一侧是红灯区，游人的灯红酒绿；另一侧是老曼谷在悠悠岁月里留下的印记——华人的旧金铺、印度人的裁缝店、马来西亚人的餐馆，甚至老挝、黎巴嫩餐馆，还有一块偌大的华人公墓静静躺在树荫里。泰国几乎所有人信佛，可这条路却没有佛寺，倒有一座七彩印度庙与灰色清真寺两两相望。不远处，是印度人聚集的市场。“是隆小屋”就坐落在这里。

2012年几乎整个9月，曼谷都被笼罩在倾盆大雨中。避雨的下午，我推门进去，迎来的是一家人特别慈祥的笑容。我此后常常前来，一坐很久，绝少攀谈。我静静地坐着，看着他们忙碌，记住了每个人的表情和步态。

店是一家人开起来的，主要事情是一个女人在打理。她谦虚、有点害羞，面容黝黑又神情从容，真实年龄难以被分辨。她微胖，脸上没有世故的笑容，衣着简朴，很像平凡人家成长起来的淳朴人，永远习惯和熟练于操持家务。

我对店里一位中年男人的印象比较深。他约有40岁，两鬓微斑，总是微笑着。淡淡眉眼间，是典型的温厚和蔼的华人面孔。像停在岁月里的、上个世纪才能见到的朴实微笑，这种笑容让人舒心。那么谦逊，那么有礼，那么慈悲。

年纪稍大的爷爷看上去六七十岁了。比起女人的泰国面孔、中年男子的南洋华人面孔，他的长相更有一丝中国北方的硬朗，眉毛浓密，眼神炯炯，但举止神态，一下子就让人辨出南国的谦卑本性。客人不多的早上和下午早时，爷爷招呼一家人坐下来聚餐，热菜从店里的小门后面纷纷拿出来。

店里只有6张小桌，仅容十余人，外面遂布置了木椅。可是曼谷太热了，谁也不愿离了空调，坐到外面去。只有少数西方人——当屋里客满时，他们愿意点上一杯啤酒，品味着人们在老市场里匆匆走过的市井风情。

小店的菜单用激光机打印出来，又加了塑封。满面笑容的中年男人弯腰致礼，把它像文件夹一样递到你的手上。小店开了多年，生意还不错，菜单磨损得厉害。菜品价格从60泰铢到

180泰铢不等，相当便宜——你总能从小店的菜单上看出店主人一家朴实谦逊的个性。

第一次在这家店，我吃的是泰式炒面条。面条与鸡蛋一起炒制，加了酱油后，呈现出淡褐色。泰国的面条，实际上一律是米粉，把炒制好后的面条放上细葱、豆芽和磨碎的花生米。那天我吃得很开心，竟添加了许多干辣椒粉。

但这家店让我印象最深的食物，还是加椰汁的青咖喱鸡肉。与这道菜初识的那天，窗外风雨交加，我不知多少次的一人独坐，再次拜访，在等待时打开本子写写画画着。当热腾腾的咖喱被盛上，用勺子舀出一小点，那温热的味道让我差点流出眼泪。这滋味是甜甜的主调，带着肉香，还蓄着东南亚各种香草的微微刺激。我惊讶得无法说话，像爱对过一个人，纵使离去，年华也不曾负你，所有味道涌入舌尖，每一口都是童年，每丝回忆伴着复杂的滋味一齐涌现。那么温暖、那么饱满，不惊讶，只平易近人，再徐徐褪去。汤汁中的咖喱香料手工研磨——唔，华人一丝不经意的性格融进这味道里。再品那汤汁，温暾的味蕾分子在空气中回旋。遂想到华人对鲜味的热爱、泰国人对复杂辛香的痴迷、马来椰浆的甜美，眼前浮现出在南洋唐人街踏足的一个个旧街场。这时，我便再次被感动得落下泪来。

此后每次去曼谷，我都会去这家华人小店。放在第一餐，

是隆路上的小店
Silom House

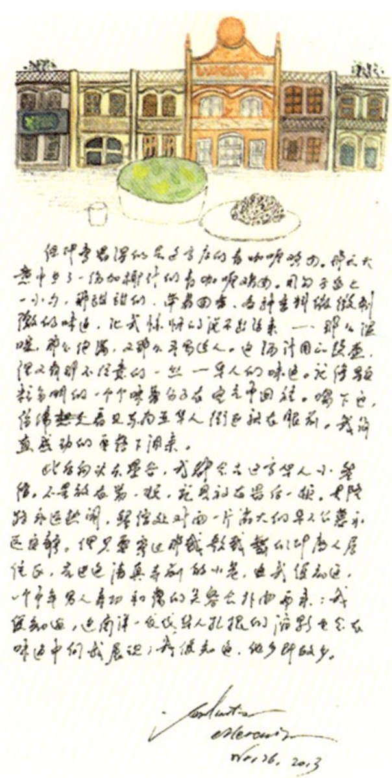

还有最后一日。是隆路永远熙攘，小店永远安宁。但只要穿过那载歌载舞的印度人居住区，走进清真寺前的小巷，我便知道，一个中年男人和蔼的笑容会迎面而来。我便知道，代代华人扎根于此的缩影会在味道中展现。我便知道，他乡即故乡。

冰糕

洁白的大圆盘里盛满了漂着红油的热腾腾的鱼汤，香味浓郁，汤中间漂浮着一朵优雅的白色奶油花。

待我近看才发现，那朵奶油花竟然是冰块！

一瞬间，一盘热汤在花朵的凋谢中变得冰凉。冷中食冷食，这或许就是冰岛人自娱自乐的另类方式。

冰岛是个
没有狼群的国度

8月自驾

在冰岛自驾旅行，来往的车辆少，道路又宽阔，理应是一件自由惬意之事。然而这里的司机却必须打起十二分精神驾驶，其原因就是，这里的羊群大部分时间处于散养状态，没事喜欢横穿马路。没有狼的国度里，羊群便是山坡的主人。这群“小霸王”经常是连命都不要，成群结队地从山坡上冲到公路中间。要是司机开车把它们撞死了，按照当地的法规还得自觉去缴纳罚金。倒是有一种方式，可以有效预防此类血腥场面的发生。那就是长按喇叭，提前吓跑羊群。“小霸王”们一般听到喇叭声，会条件反射地落荒而逃。环岛的日子里，我们在途中遇到的大部分羊群都是听到车鸣后，迅速躲到山坡上面，

却遇到过一只超笨的羊羔，当它的兄弟姐妹朝着山上狂奔的时候，这小家伙却反了方向，直接冲着我们的车加速狂奔。这孩子，再叛逆也不能是奔着死的节奏。还好我们的司机钱导经验丰富，提前减了速，小羊羔这才安然无恙。它瞪大了双眼，愣住三秒钟，等缓过神来后慌张地扭着圆圆的小屁股逃出了我们的视线。

也不是所有的时候按喇叭这招都管用。冰岛的天变化无常，一会儿晴天一会儿下雨。天气太差的时候自驾很是头疼，司机的可视范围非常小，如此一来等看清羊群的时候几乎也该撞上去了。8月份的冰岛，近午夜了天色依旧明亮，我们顺着沿海公路，小心翼翼地开往旅馆方向。弥漫的雾气刚开始缭绕的时候，车窗外如同仙境一般美丽。可是到后来，雾气蔓延嚣张，完全阻碍了我们的视线，五米外的路况一点也看不见。我们的心悬之又悬，这个时候，唯有一直减速前行，方可避免撞上在路中间给你say hello的羊群们。

想想人生也如同这驾驶，提速后的生活，不是你想停就可以随时停下来的。匆忙行走之时，那些错过的事，伤过的人，瞬间被甩在了身后，没有办法复原。在追逐梦想的日子里，赔进去最多的往往是自己的健康与陪伴家人的快乐。每个人都不会错过成长，但是多少人错过了最为珍贵的分享。所以，与其到了尽头悔恨，不如在起点的时候就放慢脚步。

这群“小霸王”也不是四季都得提防。9月份的圈养节在冰岛是相当重大的节日，当地人会在这一天把羊群都赶回农场，让它们温暖过冬。赶羊在冰岛可不是一项人人都能做的工作，只有经过专业训练后的当地村民，才有资格骑着马儿，把山坡上的羊集中到一起，带回各大农场。大部分羊在过冬后不得不接受被宰杀的命运，另外一小部分羊在回春之际又被放养到了山坡，做回横行的“小霸王”。

总的来说，在冰岛自驾还是一件惬意之事，来往的车辆少，时间上能弹性安排，而且在你的前方经常会遇到叹为观止的景象。要么是一眼万年的荒芜，要么是超乎想象的惊艳，反差非常大。在冰岛，荒凉的土地多得数不清，所以每当我路过一片片星星点点的花田，嘴边便自动哼上了小曲，开心之余，也不断提醒自己保持谨慎。绿色的草丛是羊群的天堂，我若太陶醉，指不定它们从哪个方向忽然冲出，将我一军。

在冰岛自驾的这些日子里，我穿起了羽绒服，戴起了羊绒帽，一听就是过冬的装备，然而，我眼中这冰凉的8月却是冰岛一年四季中最温暖的时节。当地人趁着这难得的暖意，在传统木屋的门口种起了花花草草，即使是不久后的寒冷会让这一片美好荡然无存，冰岛人依然会年复一年坚持种下去。及时享乐，活在当下。常年面对严寒的冰岛人正是用如此乐观积极的态度来享受人生。

冰岛是全球唯一一个可以在公路边上看到浮冰的国度，不过，却不是每位游客都有幸目睹它的存在。其原因有两点：第一，浮冰随时在漂移。不知道它们下一刻会随着河流漂到何处。曾经读到过一则新闻，有5名美国游客跑到冰岛旅行，竟然把野餐地点选择在了浮冰之上。几人兴致勃勃地在冰面上搭起了桌椅，开始野餐，殊不知一会儿的工夫这块浮冰慢慢漂走，离陆地越来越远。要知道浮冰一旦脱离主体，遇到硬物碰撞，随时有瓦解的可能。还好后来救生员及时赶到，否则这几个人将终生与大海合二为一。第二个原因是，河面上的可见度跟天气的好坏息息相关。当天空阴霾，河面上便会是雾蒙蒙的一片，什么也看不见。

我们的车到达冰湖的时候，心情是忧喜参半。天色阴暗，可见度不高，但是好在近处还是有一大片浮冰群可以看得清清楚楚。平静的湖面上坐立着各种形状的浮冰块，晶莹透亮，闪着幽蓝的光，有的像正在休憩的海豚，有的像开得正艳的花朵，还有的像是一块巨型玉石，在黑与白之间轻柔过渡。

在冰岛狂奔的路上，我们总是在与饥饿赛跑。当看到路边有加油站，别忘记停下来，有一种叫作“热狗”的食物正乖乖躺在里面等着给你补充能量。之前看过不少人说，冰岛有着全世界最好吃的热狗。我个人觉得不必去较真这一句话的真假，毕竟每个人的心中都有一个自己的标准，别人怎么说，其实并不重要。在冰岛，除了加油站，还有各大便利店，都可以很方便买到它。推开加油站的门，点完热狗后，工作人员总会笑眯着双眼，指着一排酱问："您要加哪一种酱呢？"还好对这个问题我提前做了功课。回答只一个词就够了，"Everything.（全都要。）"只有什么都加的热狗，才是标准的冰岛特色，味道才最特别。工作人员熟练地开始操作了：面包里夹上红肠，挤上番茄酱，再来点冰岛特制的蛋黄酱跟芥末酱，最后再撒上一把香脆的炸洋葱。很多人觉得纳闷，其他国家的热狗也是如此制作，为何到了冰岛，会觉得这里的热狗特别美味。让我偷笑着回答，这多多少少跟你真饿了也脱不了关系吧。

解决完温饱，继续上路。车子一路加速，遇美则停。这美的标准，也是随着经验的增加不断发生变化。比方说，刚来冰岛旅行的那两天，看到瀑布我们赶紧停车，各个角度拍照。到后来几天发现，冰岛上都是瀑布，渐渐地就对它们失去兴趣

了，路过时呼啸而过。然而，有那么一道独特的风景，我的脚步注定为它而停，它叫作Hverir，是我来冰岛的原因。我早早地就给它起了个中文名字，叫作“外星球”。在我眼中，那里的景观完完全全就不属于我们所熟知的世界。

当我们的车快靠近“外星球”的时候，大老远就闻到了一股臭鸡蛋味。前方土黄色的地面上白烟四起，我脑子里已经自动给它竖起了一道“此地危险，闲人免进”的牌子。待走到近处，那臭鸡蛋的味道越来越浓郁。眼前一个个大洞中，炽热的泥浆翻滚得异常猛烈，那呼之欲出的架势让我着实往后小退了两步。当年就是无意间在网上瞅到几张大猪师傅拍摄的“外星球”震撼画面，我便不能自拔地关注起冰岛的自助旅行，并与大猪师傅成为朋友。旅行就是如此奇妙的一种缘分，它让陌生的人先后爱上同样的事与物，然后一起分享喜悦与感动。

“外星球”大洞里的硫黄泉之所以会一直沸腾，其实是地热引发的。说到冰岛的地热，那可是当地人最引以为荣的天然宝藏。从冰岛西南地区往东北方向的火山带上，分布着无数地热田，是冰岛人最为珍贵的取暖资源。如果你在冰岛旅行，遇到当地人从地下挖出一袋鸡蛋，千万不要觉得诧异，那是他们祖祖辈辈留传多年的习俗。冰岛人把生鸡蛋埋到地热区的地下，过几个小时取出来，那鸡蛋就完全熟透，可以食用。更神奇的是，他们还把装着面包浆的木桶也埋下去，过几小时后提上来，桶里盛满的则是热气腾腾的面包了。

论食材的重要性

冰岛的羊肉极其鲜嫩，这跟散养时吃到的食物有着密切的联系。冰岛的山坡下覆盖着珍贵的火山灰，其表面长出来的牧草自然也异常肥美。在旅行途中，曾经遇到过一个旅店老板，跟我说起一件关于冰岛羊群的趣事。这老板经营的旅馆对面是一幅极好的山水画，他指着那画面中的羊群对我说，你知道这群羊有什么不一样吗？我摇摇头。他说，因为放养的地方不同，各处的羊群吃到的食物也不一样。靠山的吃山，靠海的吃海。你看到的这一群羊因为常吃渔夫们遗弃的鱼肉，所以它们的肉散发出一股海鲜的鲜嫩。这个老板是雷克雅未克人，四十来岁，与妻子离婚后带着儿子远离城市，在山清水秀的公路旁开了一家旅馆。这里每个房间的床单、被罩都是他专程从美国买来的，全是上好的布料。老板笑笑说，他正在完成的是一个不惜成本也要去实现的梦想。只要客人住得舒心，那便足矣。

我在冰岛停留的时间尚短，老板所讲的趣事还有待后人去考证。不过无论是吃哪一种食物长大的羊群，到最后都化作了盘中餐，助客人驱走寒意。在冰岛，羊肉最普遍流行的做法非“羊汤（Kjöts úpa）”莫属。传统的冰岛羊汤烹饪起来是炒煮混合，做法豪迈简单。作为主要食材的羊肉、胡萝卜还有土豆都是先切成大小一样的滚刀块。煮锅里放入两勺橄榄油，油热后撒一把蒜末下去，炒到蒜末出香味后，放入羊肉块，迅速翻炒1分钟，再加入切片的洋葱，继续翻炒2分钟，然后倒入足够

多的热水，待水大煮开后，去沫。接着，在汤里撒入适量粗盐跟小勺百里香和牛至叶（新鲜的最好，没有的话可用干的粉末代替），盖上锅盖，中小火炖40分钟。之后再加入胡萝卜、土豆等配菜，盖上盖子，继续小火炖20分钟左右，即可食用。

当地人若是自己在家做这道菜，做法更加省事，也就是“炒”的那一步直接省略：凉水加肉块上锅煮，然后去沫，加盐、香料小炖后放蔬菜。简化步骤后的羊汤味道一样鲜美，这主要归功于原材料的优质。冰岛自产的羊肉算得上是世界顶级的品质，所以即使我们用最简单的方式来烹饪它，那注定也是一道绝妙的佳肴。说到原材料的关键性，这让我想起有一次回国制作西班牙鸡汤（Sopa de Pollo）的失败经历。在马德里居住的几年，这道菜是我跟先生最常烹饪的美食。为了保证味道一致，我还特意在回国的时候从西班牙带回了所需的配料。谁知道，一样的烹饪方式，在国内做出来的鸡汤却淡而无味。正在纳闷之时，我先生感慨出一句话：“国内的鸡跟国外的鸡怎能一样！”我这才醒悟过来，在马德里制作这道鸡汤时，我使用的是用玉米喂大的黄鸡，鸡去毛后皮肤金黄，熬出来的鸡汤出油很多，自然鲜美。而这次在国内制作这道鸡汤，我能买到的仅仅是工业催肥的肉鸡，看似肥硕的鸡腿，味如嚼蜡，试问这味道岂能跟黄鸡媲美呢？

小时候总听到一句话：大鱼吃小鱼，小鱼吃虾米。倘若虾米的品质不佳，那大鱼也定不会美味。小小的食物链里，虾米的质量起着至关重要的作用。前日看过一期旅行节目，在坦桑尼亚的海岛上，当地人觉得最美味的就是巨鼠肉。这话题听上去胆战心惊，但那可怜的动物也只是冠上“老鼠”二字的名号，体内却十分干净，这是因为，当地盛产的木薯与椰子，是它们唯一的食物。一锅水里放入巨鼠肉与青芒果，撒上一把盐，小炖片刻后香气扑鼻，这可是海岛上当地人眼中排名No.1的美食。这描述听起来有些吓人，但画面其实并不可怕，处理后的鼠肉跟鸡肉看起来无差。由于巨鼠长年食用木薯与椰肉，所以肉本身少了一股腥味，多了一丝香甜，这味道完全融入到汤里，再加上青芒果的微酸，汤必然是鲜美无疑。在中国的农村，也有类似的吃法，只是鼠肉的处理更加繁琐一些。小时候随我表妹去乡下做客，砂锅的盖子一揭开，扑鼻的肉香在整个屋子里蔓延开来。那锅里的肉块就在一瞬间被我们几个孩子抢得精光。后来才知道，那美味是难得的田鼠肉。被捕捉到的田鼠用腌制腊肉的方式处理完毕，挂在屋檐下晃来晃去。家中的小孩没事就喜欢抬个小板凳，坐在房檐下，眼巴巴地望着田鼠干，盼望着父母干完活后能取之食用。然而，实际捕捉到的田鼠数量并不多，故而只能在家中来客之际，大人们才

拿出它来款待远道而来的客人。

在冰岛环岛旅行，绝不用担心的就是每天喝不到羊汤。无论是平民化的休息站，还是颇有风味的高档餐厅，这一道家常的羊汤随时都在那里恭候大驾。有名的间歇泉（Geysir）景区旁，有一个大的休息站，这里的羊汤味道鲜美且价格实惠。游客们在长途跋涉后踏进去，来一碗热腾腾的羊汤，旅途的疲惫一扫而光。在这里，实惠的价格伴随的是自助的服务，游客们需自己动手，盛好汤，端到收银台那边结账。清澈的汤面上偌大的羊肉块若隐若现。洋葱片因为在汤里浮潜的时间过长，透明的经络完全显露了出来。大部分的胡萝卜块跟土豆块因为密度过大，沉到了汤底。汤面上少了一层层腻人的油脂，只有一颗颗透亮的清油点打着转。喝上一大口，羊肉的鲜嫩完全融入到汤里，而且一点不腥不腻。这道美食，还多品出了一个味道，那就是感动：厨师们放了足够多的羊肉在汤里，肉块切得那叫一个实在，比胡萝卜块、土豆块足足大了两倍多。他们用如此质朴的方式来犒劳远道而来的你跟我。这道诚意十足的菜肴，是给奔波中的旅客们最好的礼物，也是在无声地对优质的原材料说：辛苦了，还有，谢谢你。

休息站的旁边就是一个非常大的纪念品店“Geysir shops”。平日旅行，我给自己定下了一个规定：凡是物价高的国家，只拍照，不买纪念品。我告诉自己说，用镜头把它们都拍回去，也是另一种拥有它们的方式。然而，这一次我破天荒地在这店里买了两样东西：一张为纪念去年火山爆发而发行的邮票，还有一小袋当时采集到的火山灰。对于后者纪念品我深表佩服，冰岛人实在是太有经济头脑，连火山灰都能想到包装成小小的一袋来卖给游客。这一次破例，主要是为了纪念2010年我那一段没有实现的冰岛旅行。就在那年年初，我跟一帮朋友策划了去冰岛旅行。机票、租车都完全预订完毕，结果遇到火山爆发，铺天盖地的火山灰弥漫冰岛上空，我们的航班被迫停飞。在这里也给大家普及一个我那会儿特别担心的问题："冰岛时常会有火山爆发，那在爆发的时候，去冰岛旅行安全吗？"经过我的研究，答案是肯定的两个字："安全"。冰岛人千百年来面对那些火山口，所以他们知道哪里是安全地带，哪里有危险。只要你没有收到航班取消的邮件，那证明航空公司对你的这一趟飞行也是报以"安全"的默认态度，因此，可以放心起飞，等人到了冰岛，你所需要做的就是按照当地的指示，在安全的地区旅行，那便不会有事。

羊头初体验

冰岛的羊肉不止羊汤这一种烹饪方式，像大家比较熟悉的煎羊排，也是在冰岛各大餐厅都可寻的一道名菜。跟西餐中的煎牛排一样，这里的厨师们也喜欢用黑椒汁来配羊排，再在旁边放上几片沙拉菜。除此之外，还有一道重量级的冰岛传统菜肴"烧羊头"（Svið）流传数年。其相貌，并不是每一位客人都能直视，也不是在冰岛每一家餐厅都能即时供应。

这道"烧羊头"的存在要从公元9世纪说起。当年挪威人踏上冰岛，发现这里极其荒凉，能吃到的食物也非常有限。本着不浪费的原则，便有了这道“烧羊头”的诞生。做法其实并不难，只是耗时略长：新鲜的羊头对半切开，在火上烤到细毛完全脱落，把羊头放到水中，一边用刷子刷去残留物一边用流水清洗干净，小心取出脑花。把清洗干净的羊头放入锅里，加入凉水和适量的盐，大火煮开后去沫，转中火，继续煮60分钟到80分钟左右，直到肉刚好完全熟透，即可食用。（注意：上述“刚好”二字至关重要，若是煮得太过，骨肉分离，那食客便无法品尝到最佳美味。）这是冰岛家庭版的“烧羊头”做法，如果是在餐厅的厨房里，羊头的制作则还要多上几道工序，比如在加凉水的时候倒入烈酒去腥，又比如，在最后一步，厨师惯用烟熏的方式来把羊肉的香味激发到最大限度。

在冰岛的首都雷市，有一家叫作“Vikingakrain”的餐厅，那里的厨师好用烟熏的方式来给羊头做最后的润色。除了羊头，这家店的其他传统菜肴也是相当可口，值得一试。Vikingakrain虽然位于首都市区，但是却与周围其他的现代建筑截然不同。古老的木门上刻着“Vikingakrain Restaurant”的字样，推门进去后是一座小小的庭院，那里才是餐厅的正门。餐厅内装饰的风格相当复古，粗糙的帆布与干鱼皮装饰在菜单的表面，墙上还挂着一张张晒干的羊皮与捕猎使用的原始工具，把人仿佛一下带回到了冰岛的荒蛮时代。就在我沉迷于欣赏的时候，一位妇人出现在柜台前。她着一身红衣，围一蓝色围

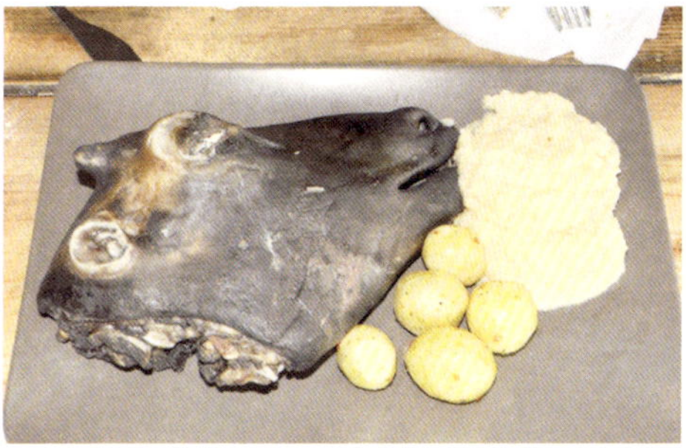

裙，围裙的胸口处还镶着一串精美红黄花边，与红色衣服相呼应。她看上去年纪在45岁左右，一头散着的褐色长发，自然卷成了大波浪，随着她一甩头在空中此起彼伏。那一瞬间，我觉得是童话里的老巫婆不小心闯到了现实生活中。不过再仔细一看，那走路起风的架势，自信的微笑，想必是此店的老板娘驾到。她特别热情地跟我们打过招呼，拿来餐单。我们不假思索地便点了“烧羊头”，毕竟今天就是为它而来。这道菜上的速度极快。老板娘自豪地说，这可是厨师花了3小时烟熏后的杰作。

半个羊头以侧脸的姿态安静地躺在盘子里，表皮完全焦黑，陪伴它的是几颗煮熟的小土豆，还有土豆沙拉。我印象中，欧洲人吃西餐向来优雅，就连吃意大利面，都是要拿叉子夹起一小撮面来，以勺为中心，卷成一小团，才放入嘴中，不出声地细嚼慢咽。要是你以为这道“烧羊头”也需要如此优雅的姿态，那可就大错特错。当我跟同伴研究了半天，不知从哪下手之时，一团红色在背后飘过，耳边响起了老板娘悠悠的声音："孩子们，不用怕！双手抓住羊嘴巴，往外猛掰就可以开啃了！"可怜的羊啊，请宽恕我们如此粗鲁的行为吧……掰开后，凝望那一排排外露的牙齿，同伴小萱跟军军都同时害怕，不敢下手。本着不浪费的原则，她们两人可怜巴巴地瞅着我，就指望我一个人干掉这半颗羊头了。我决定豁出去了！

这羊头里的肉，比我想象中的量要大，而且肉质非常嫩，倘若受得住那股膻味，那确实是一道奇特的美食。老板娘给我们推荐了一款冰岛传统饮料来搭配羊头：苏打橙汁加大麦啤酒。这饮料，酸酸甜甜的，非常好喝，据说是当地圣诞节的必备饮品。就着这饮料，渐渐地，我居然勇敢地把整盘羊头都干掉了。脑海里不禁浮现起之前看到的一个摄影作品：一冰岛人在家中厨房制作"烧羊头"这道菜。锅里放进去太多羊头了，于是，有两个羊头溢出汤面，裸露在锅外，与人对视。就好像是两只垂死的羊羔在水面上大叫救命，最后还是没能脱离死亡。画面里浮出了点点悲伤，但是倒不会觉得凄惨，毕竟，与其被人把头扔到垃圾箱渐渐腐烂，还不如化为食物，最大程度地来实现它们的生命价值。

不少人面对着这份重口味的羊头实在是觉得难以下咽，于是便有了羊头肉冻（sviðasulta）的诞生。食物也是商品，只要能满足顾客特殊的需求，又没有其他东西可替代，那长久不衰是必然趋势。这款肉冻让我想起了死党晓静每次从镇江回来，带给大家品尝的镇江肴肉。这两道都是在各自的土地上赫赫有名的冷菜，看似同一系列，但从原材料的选用到制作的方式相差甚远，肴肉用的是猪蹄，制作过程极其复杂，大致分为“腌、煮、压”三部曲，每部曲里每个步骤都大为讲究。相比而言，冰岛羊头肉冻的做法就简单很多，羊头先煮过，然后剔出肉的部分放入盘中，用重物压成肉冻即可食用。

在制作过程上，镇江肴肉的复杂跟冰岛羊头肉冻的简单可以衍生理解到另一个方面，也就是中西方的语言表达习惯：中国人喜欢含蓄委婉，西方人习惯直截了当。地球上的我们靠食物来生活，靠语言来交流，这两种人类赖以生存的媒介不知不觉中其实互相影响，相互渗透。

任何一道食物的制作，无论是简单的还是复杂的，无论是东方的还是西方的，都是一个完整的物流链（Supply Chain）：市场上买来食材（采购）→厨房里切煮炒炸（加工）→端出去给顾客享用（出售）。只是现实当中的每一天，这一条链子总会随着环境的变化发生一些细微的改变。比方说，不一样的顾客有着不一样的喜好，如你爱吃辣，我爱吃酸，于是厨师们在“加工”这一步骤里变着法子各显神通。但归根到底，无论用如何精细的方法去制作，或者用天花乱坠的方式去出售，这条链子里起决定作用的还是采购到的食材的品质。要是食材不佳，再精细的加工也无法带来上层的口感。相反，若是买到上好的材料，即使加工过程里只用到简单的水煮，那也是美食一道。好吃好看的食物远远不及健康新鲜的食物来得重要，这一点在任何国家的饮食文化里都应颇受重视。

欧洲人的冷食文化

在冰岛，唯一能与羊肉齐名的食材就是海鲜。独特的地理环境导致岛上无法培育出新鲜的蔬菜，但海产品却极其丰富，其中要数鱼类名气最响，远销无数国家。鱼类一旦打捞，保鲜的时间极其有限，于是在旧时代的冰岛，渔民们就学会了如何制作大量的鱼干，以备常年之需。在冰岛有一种叫作H á karl的熏鱼，据说它独特的味道让冰岛人念念不忘，却叫外国人闻风丧胆。这种熏鱼的原材料是小头睡鲨的鲨鱼肉，制作过程很是原始化：当地人在有石子的沙滩上挖个小洞，然后把切下来的鲨鱼肉放到洞里，再用石块铺满洞口。好听一些，就是这鲨鱼肉慢慢发酵，说得通俗一些，就是眼看着鲨鱼尸体渐渐腐烂，开始分解。鲨鱼肉在洞里待4～5个月，风干后就可以食用了。曾经看过一篇报道，说的都是全球著名旅行家、主持人在尝过这肉后的感受。他们当中没有一人品得惯那肉独特的味道，评论大致都是“吃完后我全吐了出来”“这味道是我一生之中遇到的最糟的味道”一类。看完那篇报道，我其实依然困惑那是如何的一种口感。一直到后来某一天，在一个叫作“弄堂里的蜥蜴”的博客里，我看到博主这般描述道：“这个味道简直就是在吃泡过福尔马林的尸体。”刹那间，眼前浮现出的画面让自己毛骨悚然，那味道也一下子变得清晰，涌上舌尖。所以说，要去冰岛的朋友，提前了解一下这一道特别的食物没有坏处，这样一来，不至于在冰岛碰到它的时候惊慌失措。

想想还是常规性烹饪鱼的方式比较适合大众，像是腌好的鳕鱼泡开后熬汤，又比如新鲜的三文鱼切成条状，蘸上酱油与芥末酱。说起北欧的鱼，除了味道鲜美还有一绝对优势，那就是吃起来放心。北欧的法律规定：不允许给鱼喂任何添加剂。因此，北欧的鱼如果长得肥肥胖胖，那一定是它自身努力的结果，绝无人为因素。在靠海的国家里旅行，经常会遇到一道前餐——海鲜沙拉。新鲜的三文鱼被卷成花朵状，亭亭玉立在绿色的沙拉之上，再放两块西红柿做点缀，光是卖相就赏心悦目。欧美国家在制作沙拉方面，大多选择“不加工”的原则，西红柿跟其他蔬菜一样，习惯直接切开食用。然而冰岛的厨师们，会将西红柿切成一厘米的片状，在火上烤或者锅里煎上几分钟，双面微焦后才摆入沙拉盘内。如此而来的西红柿带着浓浓的焦香，配上爽口的生菜与鲜嫩的生鱼片，实属一道细腻的开胃菜。

雷克雅未克有一家海鲜自助餐厅Restaurant Reykjavik在网络上名气非常大，于是，到达冰岛的第二日，我与同伴们在晚饭时间慕名前往。人还未到，远远就望见一栋黄色的房子上写着“海鲜自助”(Fish buffet)的大字。这家餐厅生意不是一般的红火，我们在等候区待了半小时，这才排到了座位。自助的食物大致分为三类：冷食、热食与配料。冷菜的种类最多，像腌制过的鳕鱼肉、鲑鱼肉、鲸鱼肉，还有扇贝，颇受客人好评。所有的冷菜都搁在一个个冷盘里，盘子下面是大量的冰块，如此一来可以控制住冷菜的温度，让鱼肉尽可能地保持新鲜。这生冷的鱼肉直接吃起来免不了有一股腥味，于是经验丰富的厨师们在鱼肉旁摆放了不少新鲜的柠檬片与甜椒丝。正确的食用方式就是：给鱼片洒上少许柠檬汁，就着蔬菜一起享用。餐厅里热食的种类相当有限，大致就是蔬菜、鱼肉煎饼、土豆跟米饭。配料主要有香草、香菜跟大蒜。

早就深知欧洲人爱食冷食，没想到在寒冷的北欧，这喜好程度也只增不减。各种冰冷的鱼片被北欧人优雅地送入嘴里，品得津津有味。如此温度还不够过瘾，在冰岛有一道前餐叫作奶油鱼汤。洁白的大圆盘里盛满了漂着红油的热腾腾的鱼汤，香味浓郁，汤中间漂浮着一朵优雅的白色奶油花。待我近看才发现，那朵奶油花竟然是冰块！一瞬间，一盘热汤在花朵的凋谢中变得冰凉。冷中食冷食，这或许就是冰岛人自娱自乐的另类方式。

看着邻桌的冰岛人，面对冷汤吃得那叫一个欢畅，不禁想起了这些年在奥地利国际学生宿舍居住时遇到的各类异国同学。他们虽来自欧洲的不同国家，但爱好几乎一样：早晚食物不加热。早餐的时候，他们从冰箱里拿出牛奶，直接加麦片搅拌，开始食用。怕长胖的女孩会自觉地把牛奶换成零脂肪的原味酸奶，一样是往冰凉的酸奶里放入麦片或者水果，然后食之。晚餐的时候到了，大多数同学都是把面包切片，抹上各种酱，就着饮料简单了事。整个过程里不分季节，均是冷食。还记得有一个深冬的傍晚，我在大学宿舍的公共厨房里坐着吃午饭，法国同学安娜冲进厨房，嚷嚷着说好渴。窗户外大雪纷飞，安娜明显是刚从外边回来，鼻子跟耳朵冻得通红，我光是看着她都觉得有点冷。只见安娜一边嚷嚷着渴，一边打开冰箱，从里面拿出一罐冰镇可乐，咕嘟嘟地一口气全喝了。我纳闷地问她："你这样不会觉得更冷吗？"姑娘的眼睛忽闪忽闪地转了转，大笑说："不会啊。喝完了觉得特畅快！"再后来，在奥地利待的时间长了，去朋友家做客，渐渐发现他们每户人家的冰箱里都会放上一大瓶冰水。谁渴了，随时倒来饮用。这欧洲人喝冰水、食凉食的习惯，在生病的时候也不例外。我有两个闺蜜，也都是中国人，曾经在奥地利住过好一阵子的院。一人受不了医院的冷食，偷偷跑回家找热菜吃。另一人坚持住了，但是因为那冷食实在吃不习惯，出院后瘦了好几公斤。这时候，千万不要觉得是奥地利医院没有人情味。其实，在她们住院期间，医生护士都特别交代过，让厨师给她们烧点亚洲口味的菜肴，只是因为炒菜的厨师是土生土长的老外，在鱼香肉丝里忍不住放了点黄油跟奶酪，到最后那味道就有些匪夷所思。想想咱从小到大，看中医一堆的忌口，看西医却说什么都能吃，也就不难理解他们任何时候爱食冷食的习惯了。

神威

美食，是让我们学会将匆忙脚步放慢的最简单易行的方法。你要去研究，哪里的美食更值得前往，哪里的美食可以让我们等上半年，哪里的美食让我们每一口都是精彩。

当我们谈论旅行的时候，我们在聊美食

一帮朋友聚会，无论在什么场合，可以是在餐厅、在下午茶吧、在酒吧、在野外、在开车途中，可以是几十号人甚至上百人的婚宴场所，也可以是两三个同事正好走在一起去冲咖啡或去自动售货机上买零食的工作间隙，但凡话题聊到旅行，聊到那些关于行走的美好回忆时，我不知道大家有没有印象，时不时就会和吃有关。说到一个即将前往的国度或城市，也会在漫不经心间，聊到美食。

若是你有一些独家美食地，不论是偏僻难寻的路边小摊，还是极其难定位的米其林餐厅，都会成为大家关注的焦点。吃，比起你去做了什么惊天动地的冒险，比起去看了什么美妙的风景，更能变成聊天的话题。因为冒险的事是你经历的，风景是用言语难以描述的，只有吃，是和每个人息息相关，而且只要简单地说一句“好吃”就让人向往，如再加一个“好好吃”，听众的肚子立刻就饿了。

最近做客旅游卫视的一档名为《美味聊吧》的节目，长

达一个下午的录影，与主持人贺毅在一家京城有名的泰餐馆滔滔不绝地聊了一个下午。结束录影，餐厅老板兴奋地来到我身边："虽然自己是开泰国餐厅的，但还是第一次如此详细地听到泰国菜的介绍，真没想到泰国菜有如此多的文化，听你用说故事的方式说出来，真让我受益匪浅。"

这是我作为一名吃货得到的最快乐的评价。

节目结束后，导演希望我能提供一些相关的照片，so easy，我的硬盘里满满都是美食美图，都是用微单仔细拍摄连自己看到都会垂涎欲滴的图片。

去到任何一个国家城市，吃，是一名吃货的必修课。而美食的私照，就是吃货留给自己的旅行记忆。但这时我才发现，原来我连一张单人吃泰餐的照片都没有！每年都要去一两次泰国品尝美食的我，居然没有和我这么爱的美食拍一张私密合照，太不可思议了。

仔细回忆，若是见到风景，我的第一反应是：如果我能生活在这样的风景中就好了。于是请路人或者支个三脚架，就拍了几张有自己在里面的照片。而若是见到美食，第一个反应就是：饿了。

但凡有关于美食的词汇和语句，都让人垂涎欲滴。鲜美多汁、弹牙、香Q、酸甜、麻辣、浓郁、刺激、油而不腻、入口即化……随便哪个词丢出来，都能让喜爱吃的人浮想联翩，也许你会想到在东京某家居酒屋的风情，也许会想到在巴黎玛黑的一道甜点，也许会想到托斯卡纳城堡中的handmade意面，也许会想到中国香港街头巷尾的各家招牌点心，也许会想到在黄刀大奴湖品尝自己垂钓的巨型白狗癍生鱼片，也许还会想到在中国台北各大夜市的一道道台湾味道……

身边有太多太多的朋友，已经忘了吃的滋味，吃，对于他们仅仅是果腹，这是有些无奈而值得深思的事情。

每天朝九晚九没有尽头的工作、加班、睡觉、重复，早晨在早餐摊买个煎饼去挤地铁，中午边工作或刷着微博朋友圈边囫囵吞枣，晚上又想着要节食减肥等原因而不吃或清水烫白菜。

有时我会想，这样的生活，是不是就是所有人害怕面对的“活着”。但当局者迷，不会认为这样有什么不好。

我认识很久的一位女生，年纪轻轻就当上了总编辑，她每天每日每夜都扑在工作上，连谈恋爱的时间都没有，更不用说婚姻了。同她吃过两次饭，都在同一家她单位楼下的小饭馆，进门服务员就会热情地和她打招呼，只把菜单给我看，因为她要吃什么服务员都清楚了然：商务套餐，日式肥牛饭，俄式土豆沙拉加芒果恋情。

我翻了翻菜单，光主食就有9种，还有各种套餐，而她一年到头只吃这一种。我问：“每天吃同样的饭菜不枯燥吗？”她回：“很好啊，我是处女座，幸福就要不断地重复。”同时她还列举了她去其他餐馆，吃饭也都是重复的经验，比如去湖北菜馆，只吃热干面加白菜豆腐粉丝汤，不加葱；去湘菜馆，无一例外就是大碗菜花加米饭，外加一份特价的排骨汤……她还说："我想要可靠、安全的生活，单调、可预期的生活，是最适合我的。"

我无从指点别人的生活，每个人都懂得自己的生活方式，懂得自己的选择。

有人喜欢山珍海味，有人喜欢巷弄小吃，有人喜欢每天的生活丰富多彩、舌尖上的味觉百花齐放，有人喜欢重复的生活对生活上的每一件事都不要改变，一辈子的人生不要波澜不惊。

每个人的人生方向不同，没有对错之分。而且在我看来，大部分人的生活都和我的朋友雷同。我的朋友之所以能做出那么多畅销书，也是因为她的人生态度，不用太多地追新求异，在策划上秉持着跨一步则死，跨半步则活，过大众的生活，在人生的轨迹中不会偏离。

只是当你没有经历过不同的人生，怎么能说这是你最喜欢的生活呢？没有品尝过各种美食美酒，没有吃过足够多的食物，怎么能对美食有深刻记忆，怎么能确切地说现在你在吃的就是你选择的、最适合你的呢？

幸福，就要不断地重复。听起来挺文艺，但对于我来说，连吃都一成不变的生活，真的有些恐怖。

是不是我们可以过着大众的生活，做一个小众的自己呢？

我父亲是一个吃遍美食的行家，每吃到好吃的他便会琢磨如何做，然后在菜市场买了食材回到家便做给我吃，所以从小我便是一个吃客。

小时候的我没有比较，只知道爸爸做得好味，因为对新鲜食材和手艺的追求，并不会用味精提味，每一种食物该用多长时间去熬煮去烹饪他都能很好地把握，绝不会为了求快而添加人工调味料。

等到长大了，我吃多了天下美食，才发现爸爸做的不只是美食，而是一种感动，那种感动会在每一餐细嚼慢咽后留在记忆中，久久不会散去。

妈妈不会做饭，却是一个寻找美食的能手，那些年爸爸妈

妈因为工作分居两地长期不能相见，妈妈就每天带我下馆子，但凡听说哪里新开张、哪家好评如潮，她骑个自行车载着我就飞了过去。

后来爸爸每天做饭，妈妈就变成了骑着电动车跑菜市场的那位，总能在那一片片让我看得眼花缭乱的菜场中找到最新鲜美味的食材，每一块肉、每一只虾、每一根青菜、辣椒都是妈妈亲手挑选，全然马虎不得。

那时候的我并不了解妈妈这份让全家人吃得好的苦心，陪她去菜场时看她这样挑选，觉得她有些吹毛求疵：还不都长得一个样？现在离她远了，一年也见不到几次，在外吃饭时，看到菜谱介绍他们的食材是多么多么用心挑选便会对这家饭店格外有好感。

妈妈说现在的菜场已经买不到好食材了，都是人工饲料、催化剂、农药、瘦肉精，于是她在家外的院子中开辟了一处开心小农场，养土鸡种花栽果树，全然一副农家乐生活，好不惬意。甚至有邻居说要高价购买，我妈妈笑着回：不卖，留着儿子回家吃。

我想，正因为有这样的家长，才让我对吃的追求如此强烈。哪怕在高压的工作生活中，一天至少有一餐吃一顿好的，尝一口新奇的滋味，让美味通过味蕾融化进胃液中。

唯一让我选择重复的，是一道名为“粥”的早餐，在全世界各大酒店吃早餐，若是有一份白米粥，配上肉松、花生、鱼干，是我对食物唯一幸福的重复。

可以说，作为一枚吃货，对一个地方深深怀念的，一定是舌尖上的记忆。

这些记忆可以长存，关于食物的文化比一切历史教材、地理教材、旅行攻略等都让我记忆深刻。

因为喜欢吃，所以我会潜入市井巷弄，与菜市场的大婶和壮汉们讨价还价，闻一闻最新最鲜的味道。若是像筑地市场那样，可以买了就找附近店家烹饪的，这种人生只应天上有啊。当然，就是在大理的洱海边买到一捧翠绿欲滴的大白菜，都可以泪流满面，生活在城市中吃着各种工业化食物，哪里有机会见到如此美好的景象。

因为喜欢吃，所以我会习惯性研究好吃的秘方。虽然自己不善厨艺，但贵在充满好奇心，每一口新奇的食物，都让我动

用全身所有的细胞去琢磨，怎么就这么好吃呢？当有机会可以和厨师认识，尤其是米其林三星大厨，我立刻会变成忠犬，一步不离地跟在他身后，直到他答应亲自演示或教我做至少一道秘方菜。当有机会走进厨房，我会非常乐意与后厨们一起研究一些新的菜品，将我知道的香料和食材，融入他们的菜肴。

因为喜欢吃，所以我会重视食物的摆盘，一道美好的食物就像一个美好的人一样，本身的素质很重要，它父母（厨师）的手艺很重要，餐厅的环境和服务当然也重要，它的衣服（摆盘）是点睛之笔！在尖塔式东南亚风情的环境中，品尝一份装载在芭蕉叶上的腌生虾；在榻榻米带着咯吱声木门的房间，老妇人送上一套由一个个精致瓷器装载的怀石鱼料理；在华贵十足的凡尔赛宫旁，享用一份铺着小碎花布、用闪着光的银质三层架装载着的各种甜点下午茶。

因为喜欢吃，所以我会想了解每道菜肴背后的故事。东南亚为何爱吃酸辣，意大利人为何爱用香料，法国大餐为何吃法繁复一吃就两三个小时，英国人为何除了黑暗料理就是没有好吃的，美国大快朵颐的文化从哪儿来的？乳酪、臭鳜鱼、臭豆腐之类是如何被发现它们的美味的？生蚝、蜗牛、肥鹅肝、鱼翅等美食文化的起源？如果你听我说过马德莲小蛋糕的故事，一定会对这个如今在超市里随处可见的便宜食物产生许多好感。

当下的我们是幸运的，随着世界运输的方便和快捷，可以让我们足不出户就能品尝到世界的美食。像是在北京、上海这样的大城市，全世界最偏僻的美食都能找得到。

但你确定，我们吃得正宗吗?

曾经被一卫视名嘴笑话：在北京什么美食吃不到，做法也没什么不同，器皿都一样，装修环境也非常好，值得你千里迢迢跑国外去吃吗？第一次遇到如此问题的我，有些被问得哑口无言，直接在录制过程中出现了冷场的局面。但冷静了一下，我回问他：“你是吃货吗？”他回：“能吃算吗？”“算，但不完全。美食是你生活中的必需品吗？”这次轮到他没有立即答话，而是想了想，又摇摇头，说：“我想我对食物没有那么浓的兴趣。”

我对他说，哪怕是全北京最正宗的日料店，新鲜水产也不会从日本进货，不仅因为成本高，而是好的水产日本本地都消化了，不会外送。而反观我国云南的各种菌类，尤其像黑松露这种珍贵品种，立刻就被送往国外，国内的吃货们根本没机会见到。当然，这里不包括又从国外高价买回来品尝的部分土豪。

一方水土养一方物种，你换了处环境，换了配料，哪怕只是换了做菜用的水，就不是那个味道了。拿现在全国都吃得到的过桥米线来说，如果你没去过云南，就别说你吃过好吃的米线，而如果你没去过云南的蒙自地区，你就永远不知道原来过桥米线是这般温润如玉入口缠绵之美。

这就是为何作为吃货的我们，会为了品尝最纯正的美食，走到世界中去。

到泰国，你会发现每家餐馆的冬阴功都不一样，有的更酸、有的更香、有的更清爽、有的更浓郁。

到日本，你会发现每个地区的拉面都非常不同，卷曲的黄面浸在味噌汤中的札幌风味；将猪肉和鸡骨熬成肉汤，再用海鲜调味的旭日拉面；将猪骨经微火慢炖几天几夜直到皎白浸出的九州猪骨拉面；加少许鸡汤，抓两把由大蒜加工制成的名为马郁（mayu）黑油的熊本拉面……

到地中海地区，你才发现原来海盐有这么多种类，赤橙黄绿青蓝颜色五彩缤纷，形状各有不同，舌头轻轻点一下，味道更让人惊喜！

美食，是让我们学会将匆忙脚步放慢的最简单易行的方法。

你要去研究，哪里的美食更值得前往，哪里的美食可以让我们等上半年，哪里的美食让我们每一口都是精彩。

你要去品尝，不要狼吞虎咽不要直奔主食，而是从头汤到前菜，从肉食到甜点，一道又一道慢慢品尝，慢慢享受那份食物带给你的快感。

快，是工业化社会带给我们的伤痛，就包括我，也是每天都在忙、忙、忙，忙着生、忙着活、忙着吃、忙着睡、忙着谈恋爱、忙着阅读……而旅行，是一个可以让我们脚步慢下来的方法。旅行中寻找美食的经历，会抚慰我们那颗因为忙碌而受伤的心。

忙，意味心死。

当我们匆忙地吃，填饱式地吃，绝对不是对待美食的态度。

如果一个人对美食失去了爱，失去了欲望，失去了兴趣，是不是也代表了他对生活也失去了爱，失去了欲望，失去了兴趣？不能心平气和地品尝一餐饭，是不是就不能心平气和地对待人生呢？

这个哲学问题，留给那些生活美学家去研究，而我能想到关于美食的一句话：唯有爱与美食不能辜负。

你从远方来，我到远方去

世界上最美的蓝色，在巴拉望

去缅甸，看看这十个故事

到开罗，骑着白马来接你

中国香港的独立书店风景

乌兹别克的盛夏

一个风情万种的越南

在最美的风景里流放

663

梦想是我一直在实践的现实，两者之间没有差别。

世界上最美的蓝色，在巴拉望

菲律宾的巴拉望省（Palanwan）与其他热门度假胜地长滩岛、薄荷岛相比，对我们来说还略显陌生。当我提起要去此地旅行时，大部分人都问：在哪儿？答曰：菲律宾。接下来十有八九都惊恐地表示：安全吗？不是老有绑架吗？！

不瞒您说，这也曾使我很犹豫。但几个月前无意中看到Coron（科隆岛）地标镜湖的照片，美到让我这个从不对海岛感冒的人愿意为之“冒险”。解决办法，就是临行前郑重其事地上穷游网比较各种旅行险，最后选了一个有保绑架项目的，绑一小时能赔几百。

当然，行动上我和我的同伴们（表弟及其新婚妻子）还是颇为谨慎，听从了前人的建议，没有到据说专抢中国人的马尼拉市区，直接在机场地板、SPA店按摩了一个小时又睡3个小时糊弄了一晚，第二天直接飞往Coron。

其实除了那片蓝，我对巴拉望甚至菲律宾都知之甚少。9天的时间也无法对当地深入了解，我只能说，那些天的所见所闻才真正开启了我对它的好奇心。巴拉望不是蚂蜂窝游记里说的“最后的处女地”，也非“人间天堂”，菲律宾也没有环球时报或者主流媒体认为的那样“排华”和“危险”。那是一个由菲律宾人和他们所守护的大海组成的社会，包含很多族群，人种各异，同我们一样有血有肉，有自己的信仰，也有着和我们不同的文化。所以当我的一个好友说“菲律宾那样的国家，我才不会去呢”时，我忍住没争辩。唯亲身经历才能真正去除偏见，而那么多人宁愿固守一生永不迈出那第一步。但对我而言，实地去验证那些也许在家用搜索引擎能找

到的事，真是有趣极了。

关于中国和绑架

由于主流媒体的宣传，菲律宾和印尼都因“反华”在中国人心中臭名昭著。这一点也因此成为我最好奇的问题，我一直抓着见到的各种菲律宾本地人及华侨追问：“你们不喜欢中国人吗？”弟弟总是在一旁超级尴尬地拉着我，想让我闭嘴，但我每次都先他一步。

“没有啊。”船长Jam Jam一脸无辜地说，“其实我们对中国人很好奇，你们为什么会跑来我们这旅游啊？”他居然反问我。

“因为别的地方，比如长滩岛，比如泰国，有太多人。”这倒是真心话。

“你知道吗？中国新年的时候，我们整个Coron全是中国人，到处都是。”

“那还不好？你们更有生意做啊。”

“挺吵的……而且中国人英语都不太好，很难沟通。”

“所以你是讨厌中国人吗？”我显然在请君入瓮。

Jam Jam和他身边的小大副笑了起来：“真的没有，你怎么老问这个？”

“那咱们聊聊绑架吧。我们来之前，可担心了，都没敢订比较偏僻的酒店，怕被人绑了。”

他们又大笑：“完全没有的事。你知道为什么那些人去马来西亚绑人吗？因为我们这些岛上都有驻军，有专门的部队在山顶上瞭望，那些人的船一过来，直接开火。所以他们不敢来巴拉望。我们这很安全，绝对不用担心绑架的事。”

他们这么一说，算是解了我的一个心结。晚饭时，我们和岛上最火的一家中餐馆老板聊天，他是中国台湾人，在菲律宾生活了几十年，先是马尼拉，之后又来此地开餐馆。我又把之前的问题抛给了他。

“老百姓才不关心这些，都是报纸上写的。本地人不在乎，也不关心。其实只要是旅游区，就安全得很。大家不是傻子，都靠旅游吃饭，把游客都反走了，吃什么呢。”老板是个实在人，语气诚恳地说。

听后，我们恍然大悟：“哪儿的老百姓都一样啊，谁给饭吃就行，管那些地盘是谁的呢。”

另一个船长Nonie Boy告诉我，他的客人大部分来自中国，他甚至和其中一些人成了朋友，有些人把他的名字写进了游记里，Sea Dive总是有不认识的中国人慕名跑来点名要他的船。他问我在哪个城市，我说北京。“哈，那里我也有朋友。”他颇得意地对我说。

我和船长们也纷纷互加了Facebook，把给他们拍的照片传了上去。Nonie Boy和他老婆都把头像换成了我给他们拍的照片。我和Jam Jam互相给对方各种点赞、写评论。有一天，我发了张Coron的日落，写着“I miss Coron”，迅速便收到两个赞，是来自船长们的。

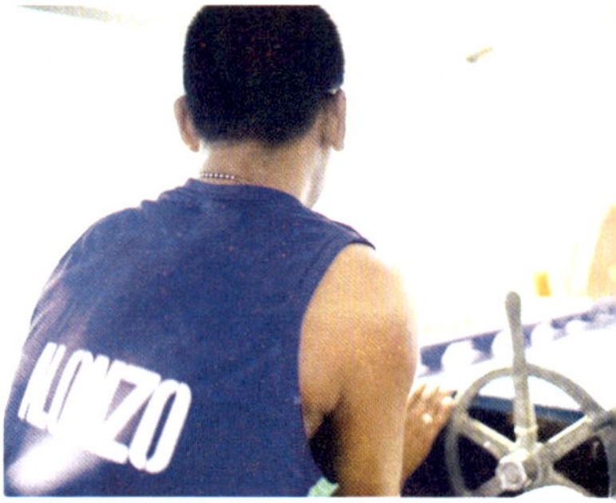

关于篮球

在旅行中，我最惊讶的就是菲律宾人对篮球超乎寻常的热情。

先是在机场，候机大厅里所有的电视机都在直播同一个节目：NBA总决赛。所有人（除了我们几个），登机口的工作人员、候机的乘客、机场的清洁工，全都站在电视机前，不知道哪个队进球还是赢了，居然全场鼓起掌来。

后来我渐渐发现，去到城市的每个地区最好的建筑就是一大块整洁的篮球场，小镇的中心也是篮球场的所在地、沿途的每个村庄都有一个，甚至一个仅一片沙滩大小的小破岛，都把岛上唯一一块平整的空地拿来做篮球场了。弟弟说，他见到最简陋的篮球架是用一张翻过来的桌子做的。大街小巷里，装满了穿着人字拖打篮球的孩子和大人。

这也许得归功于美国人。当美国战胜西班牙后，Coron就成了美国在海外的殖民地，不久这里就有了现代篮球。殖民者们带着这项新兴的运动来到了菲律宾，是在1905年。这之后，篮球成为菲律宾的国球。上世纪五六十年代的菲律宾男篮不仅是亚洲冠军，也是世界一流的强队。我比较了菲律宾和中国男篮的比赛数据，毫不惊讶地发现他们远胜中国男篮。

难怪飞机上看的菲律宾当地报纸头版头条居然是某NBA球员访问菲律宾，也难怪Jam Jam一脸兴奋地问我有没有见过姚明。连Sea Dive这样一个潜水店都拥有一支自己的篮球队，每个人都穿着印着自己名字的正式篮球服。

篮球之于菲律宾，就像板球之于印度，足球之于缅甸。都是殖民者带来的运动，统治者走了，但文化被改变了。

有一天晚上，我们在酒店看电视，换台的时候看到篮球比赛，转播画面极其专业，看着特别高级，跟NBA比赛一样一样的，解说也是英语，球员素质也很好。当看到画面右上角打着PBA的字样时，我立刻Google：世界水平第二的篮球联赛。

关于语言

菲律宾人的语言是第二件让我惊讶的事。同是英语国家的殖民地，印度人口音太重，以至于我们刚开始在那旅行时只能辨认出对方说的是英语，但说什么就不知道了。同是官方语言，菲律宾口音的英语很容易听，而且当地英文普及率非常高，几乎所有的路牌、标语，甚至随便路边施工挖个坑让人绕道，都是英文且只有英文。

也因为这样，我过了好几天才意识到官方本地语言Tagalog的存在。它完全不像一些东南亚语发音那么古怪生硬（比如柬埔寨、越南、缅甸、泰国），有大舌音，反而比较灵活。

有一天，我拉着旅馆老板娘Jena和她老公坐在门口学Tagalog。我在本子上写英文，让他们写对应的Tagalog。我问她，为什么都是拉丁字母，没有自己的文字。她说，他们过去有自己的文字，叫BAYBAYIN，但西班牙殖民者强迫他们使用拉丁字母，于是这些古老的文字就渐渐被遗忘了。因为西班牙人的统治，所以Tagalog受西语影响很大，不管是发音还是单词，敬语和一些比较重要的词都来自西语。

Jena的老公教我说“谢谢”，Salamat。咦，这个很像阿拉伯语啊。我回去就google了一下，果然，这个词在阿语里是“愿你平安”的意思。

Wiki百科告诉我，Tagalog隶属南岛语系（南太平洋诸岛），与印尼、马来、夏威夷语是近亲，中国台湾的高山族语也和它极为相似。也正因为是岛国，常常有别的国家来往的船只，带来了很多的外来词。除了西语、阿语、马来语、梵文，还有中国的福建话。例如：春卷在Tagalog里叫作“Lumpia（润饼）”，云吞叫作“Pansit（扁食）”，钥匙叫“Susi（锁

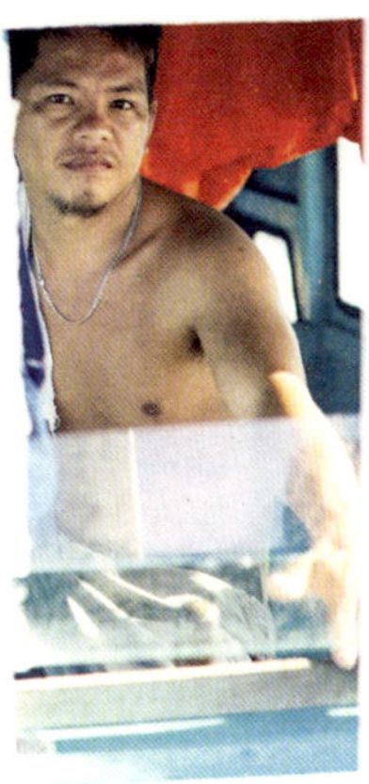

匙）”等。想到古代的时候大概某个福建商人坐着船渡海而来，带着春卷和云吞上了岸，当地的黑哥们闻着好香，说“你吃的啥呀”，语言就这样留下来了。

不过船长们在Facebook上用的语言远比这些复杂，他们使用的是一种混杂着英语和Tagalog的语言，像印式英语一样，外国人完全看不懂。语言好像自己有生命一般，在人的交流中变化，渐渐长成另一种不同的样子。我回国以后跟着罗塞塔的软件学了几天Tagalog，被它完全相反的语序吸引，也许以后有时间真要好好学习一下。这是后话了。

关于婚姻和钱，以及重要的事

婚姻和金钱，大概是中国人看来最重要的两件事了，但对于菲律宾人来说，可能有所不同。

船长Nonie Boy今年虽然只有22岁，但已经是6岁孩子的爸爸了。

“那你结婚了吗？！”

他看着我震惊的样子，很淡定地说：“没有啊，但我和孩子的妈妈一直住在一起。”Jam Jam看着已是一个成熟稳重的成年人了，我转问他，有几个孩子了。他伸出四个手指，并解释道：“是两个女人生的。”

“你为什么结两次婚？”我听后，话不经大脑就反问他。大概是我太无礼了（或者太不把自己当外人了），他显得很不

Kawasaki

好意思，“嗯，其实一次也没有结。第一个分手了，因为她父母觉得我不好。”

“在给你生了两个孩子之后？”

“对，所以她搬走了，孩子由我父母带。现在她后悔了，但我已经认识了现在的女朋友，也有了两个孩子。”

在菲律宾，Nonie Boy和Jam Jam的这种情况，并非个例。因为信仰天主教会菲律宾在立法时规定夫妻不可以离婚，所以越来越多的年轻人选择了不婚。在婚姻关系最保守的信仰下却产生了最开放的伴侣关系，新闻里说有70%的年轻人用同居替代了结婚，看来像Jena和她老公那样正常的家庭在菲律宾反而是“不正常”的呢。

不管是Coron还是El Nido，都没有像别的亚洲旅游地那样到处是扑面而来兜售商品的人。甚至你找上门和他们做生意，他们看上去也十分没有热情。我们在Coron的第一天，包船时找的是最著名的潜水店Sea Dive，后来因为觉得船长Nonie Boy人不错，决定第二天继续包他的船。我问他怎么样，他直截了当地拒绝了。“你们明天的线路长，最好是找艘大点的船。我的船比较小，更不能经风浪，而且今天感觉引擎有点问题，我想明天送去检修一下。”Nonie Boy解释说，“而且我们店的C线比较贵，你们要是去街上别的店问，能砍到更便宜的价格。”

真是没见过这样的实诚人，不仅自己不赚钱，还把客人推到别的店去。后来的结果是，我们非要继续找他们店的船，Nonie Boy便给我们找了一个更有经验的船长Jam Jam，还帮我们优惠了500P（相当于74元人民币）。最后他还抱歉地说，明天我帮你们买菜吧。

第二天Jam Jam教我游泳，我自然是怎么也学不会，但他极其认真，费老半天劲，一心想让我成材。最后，我还是放弃了。

弟弟说，我们是不是应该给他小费，他忙活一天，还教咱们游泳。我想也对，把Nonie Boy帮我们省的500P给他吧。他把我们一个个扶上岸后，自己却留在船上继续忙。我说："还没给你钱呢。"他好像忘了这回事一样，"你们给店里的人就行啦。"然后，微笑着和我们挥手。

我们去店里交完船费后，他仍然没有回来，只好又鬼鬼祟祟地跑回码头找他。他见到我们说："咦，怎么又回来了？"弟弟在我的推搡下，红着脸把钱交给他，说："谢谢你教我们游泳。"他听后有点惊讶，但还是接下了钱，表情淡淡的，没有高兴的神情，只说了声"谢谢"。

于是，我们就告别了。

随后，我就有些后悔，对他来说也许钱并非是表达谢意最好的方式。

晚上还是中国台湾餐馆老板给我们解了惑："这里的人看待钱的方式和我们不同。他们没有存钱的习惯，都是吃光用光，从来不管明天的。"

“为什么？”我再次惊讶地问。

“因为他们都有信仰啊。”

是啊，这里的每个人胸前都挂着十字架或者圣母像。

老板说：“Coron物产丰饶，海岛上的人都靠天吃饭。他们相信一切都是神给的，所以感激神。”

“那台风怎么说？”

“神给的东西，神要收回来，是很自然的事。”

于是，我想起Jam Jam说起台风Yolanda（海燕）时的神情，他之前有艘更大的船，属于自己的，是他辛苦工作多年的成果，在台风来时被毁了。他指着远处的一个男人，说：“那哥们，当时在船上，靠躲在船舱里运气好才逃生了。那场台风，我们岛上死了7个人。”

他又微笑说：“那之后我就来了Sea Dive，给店里工作，从头开始。”说起这些，他没有丝毫痛苦，仿佛在说别人的事。

船长们最快乐的事情是跳进大海。

Nonie Boy总是不脱衣服，穿着人字拖就往下跳，然后一个猛子潜到海底。那天我忘带泳衣，什么都玩不了，站在甲板上干着急。他钻上来，手里拿着个海星，递给我：“Feel it, then you feel the sea.”当我摸完它，又拍完照片后，Nonie Boy拿走它，跳回海里放生了。

弟妹在海面上发现一个圆圆的东西，拿过来给我看。我们看了半天，以为是个椰子。Nonie Boy游过来，说：“那是刚才那只小海星的妈妈！”说着，他又把海星妈妈带走，潜到最深处，找到一块石头的夹缝，小心地把它安放在里面。

午饭时他安顿好我们，就慢慢地一边吃，一边喂附近的小鱼。饭毕，我们都羞愧地发现，他面前干干净净一点吃剩的饭菜都没有，我们每个人面前却有一堆垃圾。

在El Nido的小船长Jim只有18岁，大副兼导游是他的弟弟，只有16岁。少年一上船就非常严肃地宣布纪律：“不可以踩到珊瑚；不可以摸它们；不可以把岸上的珊瑚带走；不可以把沙滩上的贝壳捡走，连沙子也不可以。”两兄弟全程都非常紧张认真，生怕笨拙的我们踩到珊瑚。直到午后休息时，哥俩儿跳进海里打架才露出天真的一面。他们的水性之好让人惊叹，从海底打到海面，还仰泳比赛了一番。我问他们谁的水性更好，他们异口同声说：“爸爸。”

我又问少年：“你们每天都和大海在一起，为什么还能那么喜欢它？”

“就是喜欢海啊，喜欢游泳。”他也答不出个所以然。

兄弟俩个子不高，却四肢修长，完全没有多余的赘肉，手掌、脚掌极其宽大，像天然的蹼。不知道他们的先民马来人用了多少年与海为伴才锻造出现在的身板，他们身体的每一部分都是为海而生的。大海因此像他们生命的一部分似的那么自然，说是守护都显得有些做作了。我见过很多海，但第一次见到那么蓝的海。在来这之前，我一直以为海就是有腥味的，然而这里并没有，只是很咸很咸。我也是第一次见到那么美丽的珊瑚，以至于自我斗争了好久好久才忍住没有偷偷带回来。因为，那个少年说的话。

“你能带走的只有照片和回忆。”

663

那些人就像一把钥匙，开启了我对它的兴趣。
缅甸对于我不再是地图上那个陌生的地名，
是我遇见到的笑脸和故事，像呼吸一样真实。

去缅甸，看看这十个故事

所有的故事都开始于今年2月，我在家看一个叫《轮回》的纪录片，片头出现了一片绿色迷雾中的佛塔，世界上竟然有这么美丽的我不知道在哪的地方。那个纪录片没有看完，但我马上搜出了它的名字：蒲甘。

在此之前我都拼不出缅甸的英文单词，只知道昂山素季，那里的男人穿一种叫笼基的裙子，全民信仰佛教，男孩子都要出家，还有缅甸人只有名字没有姓氏。就是这些了，这些就够了。我买了一本Lonely Planet，只有英文版的，卷首语的最后一句是：COME WITH YOUR MIND OPEN AND YOU'LL LEAVE WITH YOUR HEART FULL.（胡乱译给我妈看：打开你的心，你会满载而归。）没有比这句话更贴切的了。

于是，我去缅甸，发现了比想象中更好的风景。对着照片，想念着那里的风，我跟你讲十个故事，从仰光开始。

第一个故事：大金塔

大金塔的全名是Shwedagon Pagoda，传说始建于2500年前，塔身由纯金筑造，塔顶镶有5448粒钻石及2317粒红宝石，供奉了佛陀的8根头发。它是缅甸最神圣的寺庙，当地人夜里常常来此乘凉消夏。而且仰光经常停电，这时候全城就只有大金塔在夜空中像星星一样明亮。如果你只能去一个景点，那就是这里了。

我们从苏雷宝塔搭公交前往，一路被各种人指引终于到了大金塔，脱下鞋，拾级而上。相机没法记录实物带来的震撼，因为真的很大很大，比我以前见过的任何寺庙都要庞大，也要贵重得多。我围着塔身绕圈，走过一群看上去教养良好的本地人。其中一个男人对我笑笑，用日语跟我打招

呼："KONICHIWA。"我也回答："KONICHIWA。"他高兴地继续用日语问我："你是日本人吗？"我摇摇头："Chinese."他点点头，身旁一个年长女性走到我身旁来跟我说英文："你需要帮助吗？有什么不明白的可以问我。"

这家人住在仰光，大大小小一共有8人。和我说话的男子是小儿子，他的妻子是日本人，他们一起定居日本。后来同我说话的年长女性是他的母亲，英文流利且没什么口音。最年长的女性是外婆，今天是她的生日，所以全家人都一同来大金塔庆祝。我还从未听说去寺庙过生日的，而且这么兴高采烈。塔身环绕的八尊像是缅甸人的8个星座动物，除了一个星期7天以外，他们把周三分为上午和下午，分别代表一天。每天出生的人都有一个动物护佑，全家人都跟着老婆婆找到她的星座动物，大家轮流献花、祈祷、浴佛。缅甸阿姨告诉我，生日的时候来寺庙祈福，给寺庙捐钱，是再平常不过的事了。我是周六出生的，所以是龙。我也学着缅甸人的样子，找到我的那尊小龙，把在门口买的花挂在佛像上，再用佛像前的小杯子舀水，一杯一杯地从佛像头顶往下灌注，这就是浴佛。

我的很多朋友听说大金塔是用金子和宝石做的，表示不可思议，就没有人去抠下一块来吗？可是对于缅甸人来说，金钱是用来布施的。整个大金塔的金子都是信众捐献而来，我们之后去看的曼德勒马哈木尼寺庙里的那尊佛像，已经被信众的金

TAXI

子贴得面目全非了。连我们在蒲甘的马车夫，看上去是此行见过最庸俗狡猾的人，他也会存钱去寺庙贴金。大金塔是一个象征，人把自己觉得最珍贵、最牢固不变的金子献给佛，以换取自己来世的幸福。

我们遇到一位在塔前的小龛里打坐的老僧人。他下午就坐在那里，晚上依然，双目低垂，屹立不动，身旁仅有一把伞和一条毛巾。P说他定是位高僧，还有信众在外面朝他跪拜磕头。我们很想和他交谈，却不敢打扰。

我们被风景迷恋过深，快要饿晕时才准备离开寺院。当走到门口，我们刚穿上鞋的一秒钟，外面下起了暴雨。真的是雨季啊，说下就下，而且来势汹汹。门口的一位警察招呼我们，来他的小办公室坐坐。说是办公室，其实就一张桌子、一条板凳、一个柜子。警察小哥和我们差不多年纪，给我们倒上热茶后，听说我们没吃饭就要我们吃他饭盒里的便当。雨似乎没有要停的意思，P昏昏欲睡，我和小哥学起了缅文。他认真地一遍遍纠正我的发音，还有几个他的警察同事也围上来和我们说话。雨还是好大，大概晚上8点多了，P终于忍不住说，我们还是冲出去打车走吧。我们问小哥能不能借把伞给我们出去打车，他从柜子里拿出几把伞一把把地试，试了一把好的，说，“来，我带你们去”。他光着脚就冲了出去，第一辆出租车不肯去，他又去前面问，帮我们找好车，说好地址和价钱，才让我们一个个上去。我看见他的双脚泡在水里，全身被淋湿

了，突然怕忘记他，就想给他拍张照片。我想问他的名字，请他用缅文写在我的本子上。但，他只是跟我们挥挥手说“再见”，我们的车就这样开走了。

后来从蒲甘再次返回仰光，我想去大金塔找他，给他拍照，跟他展示一下我已经说得很流利的七句缅文。可一走近大金塔就下起了倾盆大雨，我怎么也找不到他所在的那个门。直到离开的那天，乘出租车去机场的路上，再次路过大金塔时，我才认出那就是他所在的门。司机说，“这是南门”。清早6点，这里还没有开门，没有人，下着细雨。我怎么也记不起他的长相，但我记得他浸在水里的双脚和替我们打着伞的手。我朝着那个方向，在心里说了一句：JIEZUBEI，DADA（缅语：谢谢你，再见。）

第二个故事：我们在曼德勒的饭堂

我们是在傍晚抵达曼德勒的。饥肠辘辘的我央旅馆的小哥推荐一家当地餐馆，小哥画了张图，出门右拐，第二个路口右拐，走8个（还是9个？）街区就到了，左手边。

此时才晚上7点，曼德勒街头已经黑灯瞎火，而且刮着狂风，简直无法睁眼。就这样，我们眯着眼睛找到了这家餐馆，门口停满了当地的豪车，看起来还不错。

一进门，我们就被全店人行注目礼。服务员们统一穿着蓝衬衫和笼基，招呼我们坐下点菜。这时候才发现他们一句英语都不会，你推我，我推你，推了半天没有一个人来跟我们对话。过了一会儿，终于有个穿着不一样的衣服、眉目清秀的圆脸小哥被簇拥着上来了，他用流利的英语跟我们介绍菜单，老板娘（应该是他的母亲）也操着还不错的中文上来帮忙点菜。最后，我们要了一份鱼和一份玉米，可随后上来的菜却有一大桌。

在整个进食过程中，我和P身后各自有一群小服务员在旁边围观。在我多次拂去飞舞的苍蝇后，一个羞涩的小哥前来桌边帮我们赶苍蝇。在我们屡次表示“谢谢、不用”后他也不走，在旁边笑嘻嘻地看着我们吃饭，只要一盘菜或者一碗汤快要见底了，他就迅速夺过碗碟，过一会儿笑嘻嘻地带着满满的一盆又放回我们的桌上。于是，P被迫吃了三碗饭。

虽然这家餐馆的味道、服务和价格都很赞，但作为游客我们总想试试更新鲜的。于是第二天，我们又请出租车司机推荐一家好吃的本地餐馆，师傅满口答应了。天色暗了下来，P表示两边的街道甚是熟悉，于是我们的车停了下来。啊，这不就是昨天那家吗？！师傅很为难的样子，表示这就是附近最好吃的本地餐馆了。好吧，真是缘分未了呢。

服务员们今天换上了红衬衫和笼基，看见我们都特别开心，安排我们坐在昨天的位子上，又轻车熟路地把“英语流利哥”和“中文不错阿姨”喊来点菜。今天在Inwa古城遇到的中国夫妇也在我们的强烈推荐下跑来这里吃饭，他们帮助我们分流了一些热情的服务员。虽然我们已经习惯了在被10个人围着看的情况下若无其事地进餐，但还是有点不习惯芒果吃完了，星级哥又帮忙添了一盘新的。每个人都关注着我们的一举一动，P说这就是当皇后的感觉吗？

在离开前，P想和大家合影，小服务员们竟然一哄而散，都羞涩地躲了起来。老板娘把他们按住才肯过来合影。我们作别，一个服务员在门口的车顶上休息，旁边的小青年抱着吉他坐在一边。我们猜测他会不会弹，他似乎是猜到了，在我们一转过身时，就听见铮铮的吉他声，黑漆漆的街道，还是刮着大风，但走在路上，一点也不害怕。

第三个故事：在Inwa拍片送人（柚木寺里的小教室和路边的树皮秋千）

见到柚木寺的时候，我都惊呆了。它由柚木建造，通体漆黑，上叠五层红色的顶部，非常质朴。虽然建于19世纪，却有日本镰仓时代的风范。

正午的木地板踩着有些烫脚，但一走进黑黝黝的寺庙就觉得寂静极了。没有其他游客，几个本地孩子在旁边的殿里玩耍，我沿着大殿外的窗户往里看，却看见几个小孩子在里面咿咿呀呀地念书，还有几个孩子睡倒在地上，不省人事。大家一看见我，就嘻嘻哈哈地使起了眼色，也不好好念书，都朝我这边望过来。只听见一个年长的人的咳嗽声，孩子们又假装看着黑板稀里糊涂地乱念起来。我往前看过去，原来有个老僧人，应该是他们的老师，坐在一堆东西里看着报纸，时不时地抬起头提醒他们念书。前排的小和尚也趴在桌上睡得正酣，只有几个孩子心不在焉地看手上的书。原来这个小教室就在大殿的佛像背面，只有这一面能进来一些光线，所以能读书写字。

我和P在大殿相遇，都表示柚木寺美过大金塔千百遍，这样朴素寂静的地方才容易接近佛法。虽然我也想趴在柚木地板上美美地睡上一觉，但马车夫还在门口等着我们去下一个地点。我想起小孩子们，让P先走，我回去给他们拍个照。

我跑回老和尚看不到的那扇窗，举起相机和他们示意，大家马上心领神会地比起了“V”字，相片出来了，孩子们都不淡定了，不顾老和尚大声咳嗽而冲到我这边来看照片。我没有细看就交给最大的小和尚，他们围坐在一起看照片，很开心的样子。我跟他们招招手，说“DADA”，他们也说“DADA”。

到柚木寺之前，我们路过了一个很美的秋千想停下来坐一会儿，可被马车夫拒绝，表示一会儿我们还要回来。当再次路过，我们立刻跳下车，争先去坐，结果却是一个也坐不上去……

一个男孩子跑来帮忙，无奈这柚木树皮太滑，他怎么也不能把笨重的我们弄上去。最后只能是，他坐上去给我们看，再拍照。这时，两个更小的男孩飞奔赶来，也一起上来表演坐秋千，我给他们兄弟三人拍下照片，最小的弟弟拿着照片就飞奔到旁边的小屋去给爸爸妈妈看。原来秋千边的小茅屋就是他们的家，大树皮秋千一定就是爸爸给孩子们做的玩具了。爸爸看完，妈妈看，一家人围在一起看照片。我和他们招招手，一家人小小的身影也和我招招手。

其实这两个故事没什么特别，只是想记住他们。这次没有带数码和胶片机，只带了一部手机和一个富士一次性成像的INSTAX 210及50张相纸，1张相纸差不多约等于1美元。自己留了10张左右，其他都送给了路上遇到的人，特别是孩子。有时候给一个孩子拍了，就有一群孩子甚至大人围上来也要求拍照。可我的相纸并不够给每个人，有个孩子甚至提

出要付费购买相纸，当我告诉他价格的时候，那个孩子没有再继续追上来。

我下次去会带更多的相纸，因为看见他们的笑脸，比什么都开心。

第四个故事：还价和小费

在预定的旅行计划中，我们没想坐船看日落。因为同在曼德勒各景点不断相遇的两个澳洲女生相谈甚欢，她们说一会儿要去江上看日落，已经谈好了价钱，并邀请我们加入，所以我们果断地改变了行程。于是船夫爷爷轰地就出现了，我和P异口同声手脚并用地用缅语跟他喊道："XIAO BEI BA!!!"（意为：便宜点。很神奇的，缅语的"谢谢"我们学了大概有几十遍才学会，"便宜点"大概只念了两三次就会了，而且能像当地人一样手脚并用、声情并茂。这句话也是最有用的，每个缅甸人一听到这句话就笑到不行，不知道是不是我们有奇怪的外国口音还是我们的表情动作太过夸张，总之他们听到这句话真的会给我们便宜点。但如果我们一直继续说，他们就会笑着用

缅语说，“XIAO BEI DE NEI”，就是已经便宜了！）澳洲女孩们被我们中国人与生俱来的还价本领惊到了，简直赞不绝口，最后我们和老爷爷以非常合适的价格成交，大家约好6点在桥尾见。

我们慢慢地踱上乌本桥。这座世界上最长的柚木桥，由于经受了百年岁月和风雨的摧残依然屹立不倒，也因此被称为爱情桥。我们一路买了小贩的菠萝，坐在凉亭里一边吃一边吹风，看江中抓鱼的人，看桥下的孩子踢足球，跟踪和尚好拍他们的僧袍飘起，又在桥边坐了一会儿。好不容易走到头，看见了澳洲姑娘们的身影，大家各自交换了一下信息，再次确认时间。我疑虑重重地问：“那我们怎么才能找到船夫呢？”这时，一米外的木头上一个老人挥挥手说：“我在这儿呢。”老人的每次出现都让我如此惊讶，真不知道他是何时坐在这的。

我又一路品尝了紫红色的火龙果（虽然我一直称它为山竹。我大喊着要吃山竹冲向水果摊，然后热情地买了店主手上的那颗火龙果，P很疑惑），P品尝了路边的小煎果子，表示满意。我们一起去沙滩边的茶铺坐着，因为时间不够了，我只能把一杯热气腾腾的奶茶一饮而尽，然后威风地起身离开，留下P抓着我的手机、墨镜和一大堆东西无所适从。

澳洲姑娘迎面走来，提着一只破掉的拖鞋。这是她此行缅甸坏掉的第二双鞋了，我安慰她可以再买。然后我们四处张望找船夫，他又淡定地出现在我们旁边，真是神奇，我简直怀疑

他可以遁地。

我们的船在两个双胞胎小朋友的注目礼下驶离了岸，追着对面的落日而去。每个人都以为：我们只是从这边划到对岸而已。结果却是船夫带着我们从右划到左，从左划到右，走走停停。期间，他通常一言不发，听凭我们几个女生大呼小叫，只在他认可的地点对我们说“Photo，photo(快拍，快拍）”，然后我们就循着他指的方向望去:“哇，真是刚刚好！”他对我们的懒惰不甚满意，一直催促我们在他认可的景物前拍照。我们发现江上虽然也有别的几艘船，但只有我们停靠的时间、地点拍到的景物最好看，而且也只有我们的船夫会热情地为我们指出哪里能拍到最好的角度。

我们在船上晃悠到整个太阳落山，天都黑了，船夫问我们："Finished?"我们每个人都筋疲力尽、审美疲劳地冲他狂点头，他才满意地载着我们划到对岸。

下船时，我和P坚持每个人多给了他200缅元的小费。作为抠门又会还价的中国人此举着实不易，P赞道："这是我享受过的最超值的服务了。"老爷爷很淡定地收下了，和我们笑着说"再见"。

第五个故事：三个卖东西的孩子

一个是在Bulethi卖笼基的小姑娘，另两个都在Shewguji，一个卖沙画，一个卖明信片。他们都是我的朋友。

小姑娘叫Dui Dui，她的名字最好记，是我和P唯一能毫不含糊地喊出的缅甸名字。我们到蒲甘的第一个傍晚在Bulethi看日落时遇上她，当时她带着妹妹来和我们兜售笼基，妹妹兜售一些小木雕和小石像。我们表示已经在仰光购买了笼基，且无需多一条，也对雕像无兴趣后，她并没有走开，而是和我们聊了起来。

Dui Dui说自己有24岁，但看上去只有18岁。她每天骑着摩托车载着妹妹来这里卖东西，妹妹在上高中，她只上完了小学。Dui Dui英语很好，也能用中文叫我"姐姐"，她的确和我的妹妹差不多年纪。

那天没什么游客，太阳也躲在乌云背后迟迟不出来。我们有大把的时间聊天，她在我的本子上写她的名字，缅文真好看，像一朵朵小花一样。我萌生了取个缅文名的念头，Dui

Dui认真地帮我想着，又问了我是星期几出生，因为他们的名字大部分是和出生日有关的。“好了，想到了！”Dui Dui高兴地说，并拿过本子写下了一个名字，又注上音标，“这是雪花的意思。”（我正好是冬天出生的。）Dui Dui又指着远处遮住太阳的云朵给P取了名字，“Rainy cloud，雨云。”（这里的每个人都认识雨云，后面提到的店主也曾指着一大块云朵跟我们说，rainy cloud。）

我很喜欢Dui Dui的样子，本地女孩少有的圆脸，眼神透露着聪明，又有点倔强的骄傲。我给她和妹妹拍下照片后，便告别了。

那天，好几拨鬼佬都坚持不住走了，他们走后几分钟，太阳就从那朵雨云后面钻了出来，把最后一点光芒洒到了星星点点的佛塔上。

第二天，我们遇到了一个叫Shewguji的佛塔。自从超预期完成了一个看日落和一个看日出的任务后，我和P都松懈下来，觉得接下来的日子干什么都无所谓了。所以，之后的日子，那里成了我们的行宫。

因为那里有一个美丽的秋千椅子，我和P第一次坐上，就再也不想下来了。这时有个小男孩跑来跟我们兜售明信片，可惜我们都买过了，他又跟我们兜售自己画的小画，难看得我们都下不了手去买。他今年12岁，有时候说话会有点结巴，表示赞同的时候会说“嗯哼”。另一个青年来跟我们兜售沙画，大概因为我们只说了一句“No”，他就走了。

他们的名字我不会念，后来我让他们写到我的本子上，12岁的小男孩叫Aung Zaw Nin，沉默的忧郁少年22岁，叫Soe Moe Aung。接下来的每一天，我们都在秋千椅子上聊天，我画外面的那尊菩萨，他们会来看我画画。我给他们听我手机里的中文歌和英文歌，少年放他手机里的缅文歌，小男孩会在一旁跟着轻轻唱，唱得很好听。我说："你歌唱得这么好，以后想不想做歌手？"他非常坚定地说："不，我要做一名导游。"

少年跟我讲他的生活，每天早晨起来先去另一个佛塔卖沙画，下午过来这边继续卖，日落后骑着摩托车回家。他家住在伊洛瓦底江边，吃完晚饭就继续画画，直到9点入睡。每个小贩都只能在规定的佛塔卖东西，每年要交给政府6000缅元。我又问他，有没有想过干些别的营生。他为难地说，他的父亲和爷爷都是画沙画的，就像一个家族传统，所以他也要画沙画。

我和P一般都是下午两三点过来，然后就霸住我们的宝座。P睡觉或者看小说，我接着完成那幅画。少年每天都问我："你不上塔顶看看吗，你们不进去看看吗？"我们摇摇头，继续做自己的事。直到最后一天，我终于决定进去看看传说中的巴利文石碑了。根据P的描述，少年一个箭步攀上窗户，跟着我并担任讲解员。其实塔顶也没有很特别，我们这几天对佛塔早已视觉疲劳，可他很认真地跟我讲着，那时我脑子里就在想是不是应该给他钱呢。我最后决定等着他来问我，结果他却什么也没说，只是叮嘱我下楼梯的时候要小心。

有一天我突然发现小男孩的脚很大，特别大。

对此，我非常惊讶，他却不好意思地说，以前不这样的，后来踢足球踢的。原来这里的每个孩子，都真的非常热爱足球。（我们在仰光看见无数的青少年在江边踢球；在曼德勒住的旅馆对门发廊的孩子们11点下班后还要在门口踢球踢到半夜2点；每一块空地上都有踢球的孩子，就像印度每一块空地上都有打板球的少年。）于是，我问他最喜欢哪个队哪个球员，他用标准的大舌音发出了C罗的全名。（他说的英语、法语、意大利语、西语发音都非常准。）我说，“那我们来踢球吧。”他说，“真的吗？！”然后就兴高采烈地跑了，回来的时候怀里抱着个小球，说是借的。于是我们三个就组起队来，小孩把笼基一撩露出一条大裤衩，他说是为了方便一回家就可以去踢球，少年也当着P的面演示了如何一秒钟把笼基卷成裤衩。

我已经多年不怎么运动，别说踢球了，相比小孩的敏捷，我转身极慢，还控制不住球。我真担心他嫌弃我这样的对手，直到后来我们要走了，他依依不舍地说“就要走了吗，不踢了吗”。

在离开这里之前，我和P决定送他一个球，P偷偷跑下去买。他们俩都问我，她去哪了，干吗去了。我只好说，我不知道。回来的时候，P把球给了他，那不是一个真正的足球。只是一个竹编的像个大毽子一样的球，我踢了一脚就疼得要命，只有他能继续踢，还踢得很好。

走的时候，他问我们多少钱买的，P用手比了个“2”，他有点难过地说“买贵了”。P说，就当是个纪念。小男孩微笑着说，“下次你们来，我给你们当导游”。

我们每天在那消磨完下午，就骑着电动车赶去Bulethi看日落。其实日出日落对我们来说，并不重要了，只是跑上去待着。和Dui Dui聊天，和其他认识的游客聊天。Dui Dui看到我总是很高兴，用中文喊我“姐姐”。有一天，我在听歌，她问我在听什么，我就把耳机给她戴上，是陈珊妮的离别曲。她静静地听着，跟我竖了竖大拇指。我们聊中缅两国人民的审美差异。我和P对一路占据我们视线的缅甸当红一线男星Nei Dou的受欢迎表示不解，除了Dui Dui以外的本地人都是Nei Dou的粉丝。她告诉我她喜欢的是另一个叫×××××（记不住名字了）结过五次婚的年纪更大的男星，还有Michael Jackson。妹妹则告诉我，她喜欢贾斯汀·比伯。Dui Dui英文很好，她说到James Bond的时候就说actor（演员），说到比伯的时候用的词是idol（偶像）。

在我拿出小和尚的照片（后文会提到）给Dui Dui看，她表示同意他很帅，但她又说“还不是那么帅，我还是介绍我表兄弟给你吧，有一个很帅，也很高”。P拿出她倾心的店主照片时，两姐妹则一起摇头表示不赞同。

我跟Dui Dui说：“你是我在缅甸见过的最聪明最好看的女孩了。”Dui Dui听后还是淡定地笑了笑，然后比出请客的手势说：“姐姐，一会儿下去我请你喝饮料。”

有一天日落，我和在仰光遇到的住在巴厘岛的一家四口人坐在一起，和那家的妈妈聊了起来。小儿子悉达多一直缠着妈妈撒娇。Dui Dui的妹妹在一旁兜售东西，一直没有人买。她便坐在我们边上，忧伤地看着吵吵闹闹的悉达多。Dui Dui坐在下面一层，向着落日。她之前跟我说她已经三天没有生意了。

最后一天，我去和Dui Dui告别。那天没有日落，她在塔顶做生意，我们坐在背面的二层。Dui Dui的妹妹看到我，就跑去喊她。她跟我说抱歉，要去做生意，一会儿再来找我。那天她还是没有卖出一条笼基，我给她留下我的联系方式，我说“如果有一天，你来中国一定要找我”。她摇摇头说，“那是不可能的事情。”听后，我有点难过。她安慰我说“没关系”，然后找来了一张纸。我把地址写在纸上，她也在我的本子上写上她的地址。她说：“我没有电话，地址就写：缅甸，蒲甘，Bulethi佛塔，Dui Dui。”她又肯定地跟我说：“这样你就能找到我了。还有，下次你来，要来我家做客。”

我从来没有遇上过有人买他们的东西，不管是Dui Dui还是那两个男孩子。他们在第一次问过我买不买东西后，就再也没有开过口，每个人都有种骄傲的神情。所以，我才那么难过，回来后也无法释怀，我应该买他们的东西。这是我此行最后悔的事。所以，请要去缅甸的朋友，去蒲甘的时候，找到这两个佛塔，找到这三个孩子，替我买一条笼基，一幅沙画，一套明信片。好吗？

第六个故事：新日牌电动车

其实店主是镇上坐拥两个Lonely Planet推荐且位置极佳的餐馆老板，单车和电动车只是他们店附属的小业务。一天中午，我们路过小店，发现有两辆崭新的电动车，于是激动万分地租了下来。店里的服务员姑娘把钥匙交给我们，押金也没交，我们就这么风驰电掣地开去找邮局寄明信片了。

由于我生性多疑，在邮局窗台上贴邮票时，我差不多每隔两秒就往外看一眼车还在不在。这时，我发现一个鬼鬼祟祟的人站在我们的车旁，戴着摩托车头盔，打量着车，又透过窗子看我。我再次跟P确认："你真的锁好车了吗？"P给予肯定的答复。可我还是不放心，一会儿贴邮票，一会儿望向外面，那个人竟然也一直在那里，一会儿看看车，一会儿瞧瞧我。

好不容易贴完7张邮票，交到工作人员手里寄了出去。我就直奔门边，那人竟没有要走的意思，而是上前跟我说话：

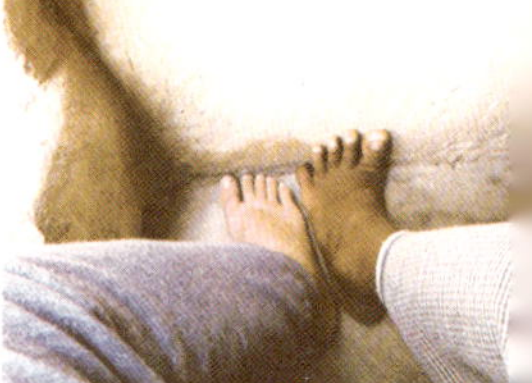

“我是这个电动车的主人。我们店里的服务员不小心把车租给了你们，但我们这边政府有规定不能租给外国人，所以我得把车收回去。”

这简直是晴天霹雳、五雷轰顶，比他是个偷车贼还要糟。我们也没办法，只好跟着他乖乖地回去交车。

当到达店面时，已将近午饭时间，我们心想干脆坐下来吃个饭再走。因为店主说，给我们换一辆稍矮的可以带人的自行车。我和P这才发现，店主其实眉目清秀，而且神情淡定，不管是刚刚来抓我们，还是现在，一直表现得很得体。于是，我就好奇地问了店主的年纪，他说36岁了，我夸他显年轻，他淡定地回答“Because I control my mind.（因为我控制自己的情绪。）”。我瞬间惊了，便问他“是不是做过禅修，有没有听过内观”。他点头，说“每年都会进行内观、禅修，在家也会尽量找时间冥想，每年还会找时间去短期出家”。于是我们聊了一会儿，他便骑车送儿子上学去了。

当他回来的时候，我们已经吃完饭了。他走过来问我们，你们是不是真的想租那辆车。我们拼命地点头，跟小鸡啄米似的。他见状，很痛快地说：“那好，你们可以骑。”

我不知道他为什么改变了主意，是什么让他竟然可以做政府规定不能做的事，也许是因为我们一直眼巴巴地看着他说“Please，please”。但不管怎样，我们听后，有一种生怕他又反悔了的急迫感觉，立马开心地骑走了。

我们终于过上了随时停车赏风景的自由日子，不需要再乞求或者命令我们的马车夫了。看见顺眼的地方，就停下来拍照休息。我们发现左手边的一大片树林后面映着一座佛塔，便决定去那看看。当P在沙地里艰难行进时，听见身后一个声音在喊我们。我们回头一看，又是店主，心里便有种不好的感觉。

P说："他一定是又改变主意了，你去应付他，我不想再见到他了。"其实，我也不想理，本想装作没听见，结果店主骑车过来抓我们了。正当我们烦躁忐忑的时候，店主走上来说："你们不要走这条路，这条路没什么风景，前面比较好玩。"我们这才放下心来，跟着他往老蒲甘驶去。他要去那边办事，顺路把我们带到了阿南达。

我们又在Shewguji消磨了半个下午，傍晚准备去Bulethi看日落。我一路开心地想着，要是这会儿碰到我们的马车夫，就可以风驰电掣地在他慢吞吞的马车前疾驰而过了。可就在这个时候，我们的车不动了。我们下车检查，发现居然是没电了！

接下来我在路边走，P在马路上艰难地蹬着，照这速度天黑也到不了Bulethi了。此时，我是一点也不想碰见马车夫了。眼看着天越来越黑，路途还是那么遥远，我和P商量着要不要找人求助，比如让某个刚好骑摩托车回娘乌的人给店主捎个话，让他拿着新电池来找我们。于是我们拦下一辆摩托车，试图跟他解释我们的情况。但他似乎一副听不懂英语的样子，路过的人都停下来围住我们了解情况，人越来越多，终于，警察叔叔来了。

我和P这才有些慌张，店主说过政府不允许游客租摩托车，只能骑自行车或者租马车。我们虽然是电动车，但很难界定性质。要是警察发现了，肯定会找店主麻烦的。我已经开始准备默默走开假装没事，却被一个热心的路人一把抓住，大家都不停地安慰我们说他们知道什么情况了，要把我们带回去，让我们放心。他安排我们各上了一辆警察的摩托车，另一个路人帮助我们把电动车骑回去，大家在店主的餐馆碰头。我一路上心情很是忐忑，担心给店主带来麻烦。开车的警察不会英语，一言不发。我觉得回去的路真是漫长，简直不想再见到店主了。

当我们到达小店时，店主出门办事还没回来。小服务员们看见警察后，个个面如土色。警察的语气严厉，在纸条上留了自己的电话号码要店主回来后找他。我百般解释，无奈每个人都说“没关系，没关系，没你们什么事”。接着大家就强制要把我和P押回旅馆，和旅馆经理谈谈。我抓住经理，跟他说了来龙去脉，包括店主是如何不愿意租给我们，是我们强迫他出租的，也说了很多遍。经理听后也说，你们不会有事的，别担心。我又焦虑地问，“那店主呢？”人们说，他可有麻烦了。

我和P面如土色地回到房间，P想立刻收拾东西买明天一早的车票离开，而我想起自己还答应Shewguji的孩子们第二天要再去看他们，没同意离开。况且，我们也不能就这样走了，我抓着P要她和我一起去找店主解释。

下午骑车的时候我们有多开心，晚上走去店里的路上就有多丧气。到了店里，白天热情的服务员黑着脸，说店主被警察叫去喝茶了。我们坐下点餐，但谁也没有胃口。

接下来我和P也不吃饭，不断地进行自我批评，直到店主出现在我们面前。他还是和白天一样淡定地朝我们微笑，跟我们问好。我哭丧着脸跟他说抱歉，问他有没有事。他微笑着说，我没事，我只是担心你们会不愉快。经过我们再三确认，他说警察只是警告了事，近期都不能再租车了。我们这才放心地吃起饭来。

过了很久，他走过来问我们："你们明天还想租车吗？"我们说："当然！但不是不可以吗？"他慢慢地解释道："因为之前有游客租摩托车出过事，所以政府明令禁止了游客骑摩托车，但电动车速度很慢，比摩托安全，又比自行车快速方便，其实是很好的事。只是因为它在这里还是新

事物，政府还没有相关的条例。只要你们想租，我就能想办法搞定。”

就这样，万能的店主搞定了一切。我们成了镇上唯一骑着电动车风驰电掣的风云女游客，接下来的每天我们除了在大街上向每个迎面骑来的路人鸣喇叭招手，还去寺庙为小和尚小朋友们提供试乘，也答应了每个大人要求试驾的要求。夜晚的娘乌街头很热闹，几个本地少年抱着吉他在路边唱歌，两边的茶室排档里人坐得满满当当，我们看见人多的地方就停下来喝茶、吃饭，锁车的时候，每个男人都强忍着羞涩过来指着它说，“Nice bike，very good.（好车，真赞！）”

第七个故事：住在洞穴里的小师父

这个僧院让我印象很深刻。在我们第一天骑车路过此地时，我回头瞥见远处一个红衣的小身影从门洞里探出头来和我招手。当第三天我们再次路过的时候，我就和P说，我们下来看看吧。

刚走进长廊就有十几只狗冲着我们狂吠，我有些害怕，想掉头回去。此时，一个路过的小和尚怒斥了那些狗，它们便立刻安静了下来。一个小和尚指指走廊尽头往下的台阶，示意我们可以进去。

我们脱下鞋，跟着他走进去。他不和我们说话，径自往前走着，一会儿就不见了。这时，我们发现自己来到了一个庭院，左右各有三个很小的洞穴，正面对着的是一尊佛像。

于是，我们在庭院里鬼鬼祟祟地查看着地形，左手边第一个洞穴里一个小和尚在躺着看书，他听见我们的说话声，就抬起头来往外看。我们和他招招手，用缅语说：明个喇叭（你好）。他也回了一句，明个喇叭。他大概看出我们一副欲言又止想进又不敢进的样子，就招招手，示意我们可以进来。

洞口很小，我们只能弯腰前往。进去后，他已经坐正，容貌非常清秀，用缅语问我们会不会说缅语。我说不会，他就起身走了。此时，一个年纪更小的小和尚从洞穴里钻出头来，示意我们跟着他往深处走。这个洞穴真的很大，到处都是相通的，漆黑一片，只能靠手机照明。地面铺满了沙子，踩在地上软软的。每一个靠近洞口的亮光处都有一张草席，也有别的小和尚坐在草席上看书。我们走了一大圈，发现自己最后从右边的洞穴出来了。原来它们都是相通的，有种地道战的感觉。刚刚起身走掉的小和尚抱着本大书回来了，招呼我们去他那里坐。

这时，我们才发现刚才他空空的小房间里已经挤满了小和尚。他靠着墙壁盘腿而坐，旁边有一个和他年纪相仿的小和尚，他指指说，my friend（我的朋友）。这位friend紧张得直抿嘴，端坐着等我们发问。我认真地检视起小和尚的私人物品：一张草席，草席上一块垫子，一条小毯子，四本笔记本，一支笔，一管涂改液，一个黄色的儿童小闹钟，还有他刚拿来的缅文英文字典。

我问他的名字，他向翻译朋友点点头示意，朋友接过我的本子，写下了他的巴利文名和缅文——KHE MA VA RA。今年，两人都是21岁，在这里已经住了6年，家在曼德勒附近。对我们的每个问题，他们都要商量半天，围观的小和尚还调皮地学P说中文。几个来回之后，我们终于搞清ASHIN KHE MA VA RA（ASHIN是缅甸对僧人的称呼，可以翻译成“师父”）一天的生活。4点起床，念经学习；6点早餐，之后就去托钵化缘；11点是正餐，之后就不再进食；夜里9点入睡。僧院共有70个学僧，1位老师，他们学习英文、缅文、巴利文和巴利文经卷。我问他每天只吃两顿饿不饿，大家听后哈哈大笑，都说“不会饿呀”。我又问他是不是就睡在这里，他点点头。那还要在这里待多久？这时两人都为难地对视着，似乎很难回答的样子，想了半天，也没有给出答案。

KHE MA VA RA也问我们的名字，我把中文和拼音都写在他的本子上，他又把我的名字在缅文里的写法写给我看。P检查他的笔记本，发现英文里有多处错误，而且老师改过的也还是错的。这真是让人崩溃，难怪这些孩子的英语听起来那么费劲。他知道我们是从中国来的，突然说了一句标准的中文：谢谢你。

其实，我们还有好多问题想问，却发现已经叨扰了一个多小时，耽误了他们午休。我们准备告别，起身给他们拍照，大家却都很羞涩地不敢看镜头，P拼命地逗他们“smile，smile”，才拍出你们现在看到的样子。我把相片拿出来送他，他看完交

给翻译朋友，朋友夹进书里。

小师父K依然一个人坐在洞里，其他人都跟我们走出去道别。翻译朋友追上来问了什么，我们不明白，他又让小和尚去拿字典，翻了好久翻出一个“TOWN”字（城镇），大概是问我们住在哪个城市吧。我说“北京”。他们就探着头告诉洞里的小师父，“北京”！

就这样，大家也没有挥手告别，就走了。

第二天，我们看完日出再次路过僧院，天还蒙蒙亮，门口的狗跑出来生气地喊着，这次没有人出来维持正义了。我们骑着车离开，看见长廊上一个个红色的身影，他们大概准备出去托钵了。

我回来以后还是常常想到那些身影，想起那个空空如也的洞穴，那里温柔平和的气场，房间里那一点点东西及他们宁静的眼神和笑脸。我这辈子是注定要修世间法了，但我也想在心里保留一个小小的空的洞穴，那里面只有一条小毯子和一本书，一个叫醒我的闹钟，当我迷惑了本真时，就进去坐坐，想起世界的某个角落，还有人在这样生活着。

第八个故事：Bulethi和我们一起看日落的狗

据P观察，我们第一次去Bulethi它就在了，因为她之后在我们第一天拍的照片里找到了它的身影。

我们是在第二天才发现了它。我们来的时候，它已经坐在

FOR ADMISSION FEES
OR FOREIGNERS

那里了，懒洋洋的，正对着太阳，占据着最好的位置，任何人路过它，逗它，它都不为所动，就眯着眼睛沐浴在夕阳里。我问Dui Dui它是怎么爬上来的，她淡然地说“它天天来呀，对它来说很容易的”。

在我们行程的最后一天，它带着另一只狗一起来了，我们在路口遇到了，P一直逗它，两只狗一前一后地走着。另一只狗走错了方向，走到旁边那座佛塔上，此时它已经爬上了Bulethi的一半，两只狗遥望着，爬错的那只赶紧下山追来。它们一左一右地坐着，不在最高的位置，大概是嫌上面的游客太吵了，就这样安静地待着。

我们走的时候，它也跟着我们一起走，快到路口时，它停下来犹豫了一下，还是拐到里面的田野里撒了个尿，又出来继续跟上。我们拿车的时候，看见它远远地走了。

可惜我不通狗语，无法问它叫什么名字，年纪多大，住在哪里，为什么要天天来这里看日落。

第九个故事：初识禅修

马哈希禅修中心总部是由缅甸著名的比丘和导师马哈希尊者于1947年在仰光建立的，这里教导的是我一直很感兴趣的Vipassana内观禅修（是印度最古老的禅修方法之一。在长久失传之后，两千五百多年前被释迦牟尼佛重新发现。内观的意思是如实观察，也就是观察事物真正的面目：它是透过观察自身来净化身心的一个过程。开始的时候，借着观察自然的呼吸来提升专注力；等到觉知渐渐变得敏锐之后，接着就观察身和心不断在变化的特性，体验无常、苦以及无我的普遍性实相。这种经由直接的经验去了知实相的方式，就是净化的过程），所以我一直和P说，我们可以去看看。

究竟去看什么，其实我也不知道。所以好不容易到了那，我们像没头苍蝇一样乱撞，不知道往哪走。一个年长的女尼从我们身边路过，似乎问我们是不是韩国人。我们摇头，却听见熟悉的中文，一个华人阿姨站在台阶上说话，招呼我们进来看看。

原来这栋楼就是女性的禅修大厅，里面很宽敞，能容纳百人，正面的大殿供奉释迦牟尼佛像，左边的墙上挂着马哈希尊者的法像。两侧的门都打开通风，地上一排排间隔铺着垫子供大家打坐，已经稀稀落落地坐了一些，还有一些在大厅里慢慢踱步，也就是经行。非常安静，没有人交谈，只有一个年轻的女尼好奇地看了看我们。阿姨说一会儿大家就要开始一个小时的打坐，如果我们没事的话可以一起。她安排我们坐在她旁边的垫子上，又帮助P调整姿势。马哈希禅法和我以前练瑜伽打坐时的观呼吸不同，是为观腹部上下起伏，行则观脚步的提、进、放。我从未打坐超过10分钟，当20分钟时我已经觉得全身酸痛，怎么也坐不住了，开始像猴子一样换各种姿势。到半点时我已经开始盯着钟读秒，想时间怎

么过得这么慢呢，而且不知怎么热得汗流浃背。阿姨似乎看出来了，就小声说带我们去另一个大厅看看，那边更凉快，也许会更好坐。

我们跟着阿姨走出大厅，穿过禅修中心的各栋建筑。她指着每一栋告诉我们，这是比丘的宿舍，这是授比丘戒的办公室，这是外国禅修者的宿舍。两边树木繁茂，P指着一棵挂满成熟的菠萝蜜树给我看。阿姨也讲了她的身世，她叫刘丽清，在昂山市场卖玉，祖父辈从广东来缅甸做生意，从此定居仰光。缅甸在家的佛教徒都常常会去道场禅修或者短期出家，刘阿姨就是把店关了抽了一星期时间来这里闭关禅修，关掉手机，暂别家人，4点起床，过午不食。

最里面的大厅比刚才那个更大一些，人更多，男女都有。我学着刚才大厅里一个女尼的样子经行，左右脚交替起落，她的步态简直可以用美丽来形容：静、缓、稳。我走起来才发现这并不简单，只要注意力稍不集中，念头就会飘走，身体就会朝一边倾斜，好几次差点歪倒。而周围的人都走得气定神闲，四平八稳。我好不容易才收住散漫的心，走了一个大圈，发现大家已经停止经行回去盘坐了。刘阿姨招呼我们回来，说大法师要来说法了。

一群僧人安静地依次穿过中间的通道，进入大厅，坐在最高的台子上。台子下方坐着在家的男众，后面是在家女众，我们坐在最后排远离人群，因为刘阿姨常要和我们作介绍，会影

响到其他人的止语。大厅悄无声息，大家都静静地等待法师的到来。这时一个50岁上下的僧人手持圆盘状的扇子走进来，所有人低头双手合十，还有人朝他行礼。他坐在高台右侧的座位上带领大家念诵，之后就进行开示。

刘阿姨总是停下来给我们翻译，但也很难表达清楚法师的原文。我们决定不再继续打扰她听法，暂别此地。行前，阿姨给我们留下了联系方式，又邀我们来这里住（因为这里的食宿是免费的），一直把我们送到出租车上，跟司机说好地址，替我们还价，若不是禅修规定不许外出她必会送我们回旅馆的。她和我母亲的年纪差不多，性格也同我母亲一般善良热情。我们第二天就要离开缅甸回国，我约定下次会专程探她，我们合影告别。

第十个故事：我们遇到的每个人

在苏雷宝塔问路时，一个书摊老板扔下他的摊子直接带着我们奔到远处的公交车站，跟售票员说好我们去的地址才肯离开。

曼德勒那个沉默又脾气好好的出租车司机。

石皆山上那三个无所事事的本地青年，P走不动时他们跑过来用中文说，快点快点。路过冰激凌小贩时要请我吃蛋筒。

和我们拼船的可爱的澳洲姑娘。

老是因为睡觉错过日出日落的阿根廷秃头小哥。

旅馆对面的小学校树底下和我招手的孩子们。

在Shwesandaw塔顶那两个被晒得像海盗一样的日本姐姐。

住在巴厘岛的Kali和小悉达多姐弟，和他们友善的父母。

帮我们把电动车骑回去还一路蹬得飞快的大叔，没等我们说声谢谢就走了。

帮我们指路的两个放羊的老姐妹。

举着头盔跟我们挥手的摩托车小哥，这么远都能看到他笑时露出的一排大白牙。

等了好久和我们照相，拍完就走的小僧人。

塔顶一群找P合影的羞涩女学生。

店主家的小女儿和小猫。

住在瓦城开大车来蒲甘卖摩托车配件的华侨小孩，他主动帮我们给警察做翻译。

回仰光的大巴上前座那个一直偷偷看我们的小朋友。

接我去机场的出租车司机，一上车他就问，“你再看一眼护照带了吗？”他一路听着广播里的佛经，只有路过INYA湖时说，这是昂山素季的家。

那个给我们画丹娜卡送我草帽的女人。

每个微笑着跟我们挥手打招呼的人，帮助我们的人。

缅甸是个神秘的国家，我和我周围的人都对它知之甚少。带着对蒲甘日出的执着去了，短短十天我也并没有觉得自己了解到它多少。只是，那些人就像一把钥匙，开启了我对它的兴趣。缅甸对于我不再是地图上那个陌生的地名，是我遇到的笑脸和故事，像呼吸一样真实。这个被英国殖民了百年又被军政府专制统治着的国家，有我想象不到的贫穷，也有我想象不到的纯朴。每个人都长着一张没有受过欺负的脸，很有尊严，温柔耐心地活着。

我回国以后，不像过去旅行回来时那么兴奋，那么充满倾诉欲。有个朋友疑惑地说，你怎么看上去那么平静。7年来的旅行，让我逐渐磨灭了新鲜感，我越来越感兴趣的是自己和他人的生活，彼此产生的联系。我有时候想，是遇到的这些人让我更成为自己吧。如果还带着傲慢和猜疑，你看到的可能只是贫穷落后，就像很多人无法接受印度。但当你放下自我，贴近这片土地，与他们产生接触和联系时，你会发现每个人都那么真实，他们以你想象不到的纯真在接受你，你岂能用一个国名和符号将他们概括。

关于缅甸，我需要了解的还有很多。关于旅行，我想用亚瞳的话结尾。她是我很喜欢的一个行者，之前在缅甸禅修过很长时间。她说过一段话我记得很牢，觉得她替我说出来了。

“世界本来就是一体，即使看上去不是，最终也是。在你认识到的那一刻就已经是，迟早我们会回去那个一。所以不管走到哪里，都是走在家乡里，像一滴血液走在身体里。”

到开罗，骑着白马来接你

叶舒婧

爱读书爱远方，短期梦想是在30岁前走过30个国家，吃掉100颗米其林星星，为这些地方和美食写下属于自己的文字。

一

对于开罗，我从未觉得自己离开过那里。

要重访那个千塔之城，一边翻新回忆一边探索未知，常常会突然想到开罗的落日，透过清真寺宣礼塔、透过金字塔前的风沙、透过尼罗河两岸射过来的光芒。在京都生活的日子里，我很少会想起过去的旅行，唯独开罗。

在去之前，绝没有想过和它的缘分会这么深。有些城市，因为名气太大，被谈论得太多，去了之后反而觉得一点也不耀眼。但开罗却和京都一样，一个遍地清真寺，一个随处寺庙。到很久后才知道，原来这两个地方，整个城市就是一所世界文化遗产，我们就住在遗产的里面。

临行前联系了在开罗工作的Pan，他一口答应，“我可以带你在开罗转转，到时候骑白马来接你”。开罗，在没到达之前，就展示了那种令人丧失正常智识的疯狂魅力。我真的就那么相信了，以为开罗满大街穿长袍的居民骑着骆驼赶着马车，丝毫不顾这个事实：它早在我出生前，也就是1987年就开通了地铁。

爸爸好心提醒我，“你想一想啊，飞机场怎么可能有给马的停车场？你那两个大背包怎么驮？一定是开玩笑的”。

我决意坚信Pan口中的白马会真的出现，直到在多哈转机时，收到他发来一张骑在马背上的照片，便更加确信了，“马已经喂好了，等着出发”。

然而最后我是摆着一张哭丧的脸出机场的，行李在十天内再次被丢，一无所有，9个小时的飞机，从微寒的埃塞俄比亚高原来到热浪滚滚的尼罗河三角洲，被Pan带着，神情恍惚地走向那匹“白马”，不过是一辆八九十年代的白色奔驰。但此刻如果真的是匹白马，驮着我在40摄氏度的烈日下慢悠悠晃回去，估计眼泪都要被晒干了。

回头再看那张“白马”的照片，明明是头矮小的白骡嘛。

二

除了金字塔，其实对埃及一无所知，甚至不知道它远离法老时代已久。并不觉得惭愧，反正所谓的了解，都是由抵达才开始。在非洲之旅里加上埃及这一站，纯粹是因为知道何伟搬到这里，都去过江城涪陵和北京雅宝路，没理由都在非洲了不来开罗街头“偶遇”一下。

坐在同样热浪滚滚的车里，穿梭在毫无规章可言的高速路上，我心不在焉地听他给我介绍沿路的景点，几乎全是某某某拗口名字的清真寺，令人心烦意乱，此刻我满脑子只有被卡塔尔航空弄丢的背包，默默盘算着损失是否可以承受：在埃塞俄比亚买的十包咖啡粉、桑岛买的牛皮拖鞋、最喜欢的两件MUJI的衣服、所有洗浴化妆品……

直到耳边传来Pan讲到在叙利亚出差的事，两个月前，他去大马士革拍摄选举的时候，场面一度暴乱失控，同事哈桑就在他几米远处头部中流弹。我对子弹飞的概念还停留在那些夸张的动作片中，他的形容却简单真实，“就听见很清脆叮的一声，打上脑壳的声音，我抱上浑身是血的哈桑，送他到医院的路上，眼睁睁看着他不行了。”

阳光焦灼的午后，在抵达开罗还不到一小时内，听到这样一个故事，不知道该怎样表达去回应他看似轻描淡写的回忆。我只好随便扯了句，“嗯，生死面前，丢个行李真算不上个什么事儿。”

公寓位于马阿迪区的尼罗河边，撩开厚重的窗帘，透过布满泥灰的玻璃窗，楼下就是缓缓淌过的尼罗河，阿加莎笔下发生“尼罗河惨案”的地方。从客厅的阳台上隐约看到远处的金字塔轮廓，在城市的边缘拔地而起，仿佛有只上帝之手从空中放下三颗钻，牢牢地钉在地面上。

失魂落魄的我换上他的男装，包得严严实实，这才踏出了在阿拉伯土地上的第一步。

三 夕阳

开罗的美太过于宏大和沉重，不知道该用功能多强大的一颗脑袋去消化。当然，也有美得很直截了当的，比如落日，连我这种对自然美景无感的人，第一次领略了“美哭”这个词的含义。

夕阳之旅的第一站是Mokkatam山顶，“白马”熟练地拐弯飞速地朝一个巨型土堆样的庞然大物奔去，完全看不到有任何可以上山的路。Pan说，这里是开罗版“乡村爱情故事”的发生地，年轻男女过来，坐在山边的小桌子上喝一杯，或者挑一个隐蔽的位置可以卿卿我我。

然而下车后遇到的第一对却是大叔，两个人瘫坐在毯子上聊天，Pan很熟稔地用阿语同他们打招呼，像是认识很久的朋友一般。后来我才知道，埃及人可以跟谁都是my friend，来一句“哈比比”（阿拉伯语里男性之间打招呼的方式），互碰两下脸颊就好。

远处升起浓浓黑烟，发生了什么呢？不过是市中心在焚烧垃圾，这就是埃及。

在这里，有了第一张和夕阳的合影，在拔地而起的高原，我可怜兮兮地挎着登山包自带的防水袋，很恢宏地站在光芒里，被朋友戏称为可以直接拿去当North Face的广告宣传照，背后滚滚浓烟，城市仿佛在坍塌消失，一切同时又在重建，自己仿佛身处世界的中心。

第二个sunset是尼罗河水的夕阳，就是电影《开罗时光》里那样的帆船，连船夫阿拉伯大爷也长得一模一样，带上吉他和ukulele，微斜的阳光和带一点凉意的暖风，便是一场惬意的

河上弹唱会。还记得趴在帆船栏杆上，转过头去看对岸零零星星的草木和灯火，在走过坦桑尼亚的按部就班、肯尼亚的恐慌和埃塞俄比亚的心塞之后，在开罗的这一刻，也许是一个月来最美好放松的心境了。

这还远远不是开罗落日的最高level，第三个夕阳，也是最震撼的一个。沿着尼罗河往哈利利市场开去，不早不晚，时间点刚刚好，不经意间向左望了一眼，在浓郁得要流出汁来的橙红底色里，迷雾中的一座座宣礼塔露出轮廓清晰的剪影，以一种仿佛精心设计过的高低大小比例，随着车速和拐弯的角度，夕阳风景图在发生微妙的变化，时间的推移，又改变着颜色的浓淡，快到哈利利的时候，这种在刹那达到高潮的美已经消失了。

有点像樱花，都是因为转瞬即逝，而让美丽升华了，变得可以荡漾胸腔。

那种震撼带来的余波一直延续到现在，脑海中一遍遍回顾那个画面的当下，都觉得仍旧想哭。这种曾经为我所不齿的、单薄无力的景物之美，居然让我感动成这样，无论怎么想，也一定是有人在旁此情此景的缘故。

还有一个很特别的落日在死人城清真寺的屋顶。眼看太阳就要落山了，开车在死人城里绕来绕去，总算找到了那个拥有神奇屋顶的清真寺，只是大门紧闭，敲了半天没反应，正绝望着的时候，又突然冒出救星，路过的阿拉伯老头帮我们敲开门，一个胖胖的中年男子出来，他们用彼此互通的语言不知道说了些什么，我们又装作很虔诚很可怜的样子，便被放了进去。

爬上每一个圆圆的屋顶边缘，看过不同角度的死人城，有一个缝隙，还能眺望到萨拉丁城堡，接着下来，美艳的夕阳时间就开始了。无法想象圆得如此完美的金色太阳，穿过清真寺一个个镂空的环形标志，从某个角度看过去，恰好嵌在环里边，熠熠生辉，而这种巧妙结合又造成了另一种意象，华美在废墟当中冉冉升起，那一刻只觉得，我站得太高了，永远没有办法真正了解这片正在陷落的土地。

只有夕阳，日复一日，才是永恒的。

四

Pan说就在我来开罗的两周前，街上还停满了坦克，时不时有爆炸和小规模的动乱发生，他车的后备厢里放着防毒面具，已备抵挡催泪瓦斯的不时之需。他拿出来给我戴了一下，又重又闷，我看起来像电影里那种来到外星球的恐怖人类。

“你知道我的车技是怎么练出来的吗？因为逃命呗。”

听起来像个笑话，但当我知道两个月前你在叙利亚第二次与死神擦肩时，真的笑不出来了。同事中弹躺在医院，你坐当地同事的车先回去，不知出于什么灵感，本能地选择了副驾驶的座位，而不是所谓最安全的驾驶员后座位置。短短几公里的路程，说枪林弹雨也不为过吧，到达后下车一看，后面有三四颗子弹从左车窗进，穿出右车窗，如果坐在后面，几乎是必死无疑的架势。

来到当时最疯狂的解放广场，现在是安然无事的样子，唯有被封的地铁站彰显出一点痕迹，限制前来聚集的人流量。还有一整面画着政治意味漫画的涂鸦墙，对面有一间还开着的麦当劳。

走进一条入口两人宽的街边小弄，跟当地人一样点了支水烟，两杯咖啡，对面坐着大象一样庞大的阿拉伯女人，吞云吐雾很享受的样子，抬头望天，被切割成窄窄的一条，有种封闭却自在的悠闲感，真是个好地方啊。饭后来喝一杯不讲时间的咖啡，这是我在日本快节奏的日子里好难想象的慢生活，那一瞬间突然就爱上开罗了。

埃及的政治风云那么多变，但不会变的是咖啡馆里苹果味的水烟、餐馆里的烤羊排，路边一块钱五张的大饼，小贩车上的鲜榨果汁；还有清真寺里的早祷声，文化远比政治隽永多了。

五

伊斯兰老区的哈利利市场，沉睡的和醒着的埃及在此轮番上演，走进El Fishaway咖啡馆，因为诺贝尔奖作者马哈福兹常在这里写作而闻名。他就出生在这附近的街区，开罗三部曲

（《两宫间》、《思慕宫》和《怡心园》）里写的故事也正发生在这里。小桌子边坐满了抽着水烟无所事事聊天的人，如同整个埃及的氛围。坐下来，点了经典的三件套：水烟、咖啡、红茶，再加一杯藏红花汁。

像看喜剧片，埃及恼人的小贩们一个接着一个，保持着某种频率在我们眼前晃过，如同一帧一帧的电影片段，真该把“不屈不挠”奖颁发给他们。有身上挂满blingbling廉价首饰的，有卖手表、卖围巾、卖气球的，还有直接披着一整张动物皮走过来的，每个人都揣着一张自信满满的脸，卖着那些看上去永远卖不出去的东西。在拒绝了数十个小贩后，走过来披着黑色头巾的一位沉默寡言的中年妇女，她不太一样，是给人画Henna的，一种阿拉伯世界流行的神秘手绘文身。

仿佛在给蛋糕做雕花，用泥一样的黑色颜料挤在手臂上，形成某种藤蔓般交错的图案，手上隆起厚厚一层固体物，接触到皮肤时有股凉丝丝的黏稠胶状感。

那个地方开始分区停电，走过一些人家是黑漆漆的，拐过一条马路，又突然亮起来，埃及人拍手乐着，丝毫不会受到这些因为国家带来不便的影响。夜晚打着灯光的清真寺太迷人了，印象中，我只在马六甲海峡的岸边，看到过海中被蓝绿色灯光照亮的清真寺，当时和一位比利时小哥一起，徒步了好久才到达。只是觉得美，而哈利利，却是如幻境一般让我忘掉了京都忘掉了中国，忘掉了旅行结束后还要去面对

的一切麻烦。

也许好多人都会如此迷恋上开罗，迷恋的原因却各有不同。开罗于我，并不是对广州那种浑身放松的适应，也不是京都那种带着仰望的安心，开罗有种到心痛地步的心动，是就算知道它有百般不是令人头疼，还是希望一次次回到那里，去延续无聊现实世界里的超现实梦境。

都说喝过尼罗河水的人会再回来，但被带着看过开罗最美日落的人，仿佛留下了更多眷恋。

于是，这个曾说要骑白马来接我的人，成了我再次回到尼罗河畔的理由。

本文由阔夫塔供图

中国香港的独立书店风景

小思

我喜欢书店，尤喜欢二手书店。喜欢泛黄书页散发出来的陈旧气味，喜欢木地板、木窗台的老式布置，喜欢扉页上前任书主留下的浅浅字迹，也喜欢摩挲旧书封面时的沧桑手感。

独立音乐，独立设计，独立摄影，独立书店，好像冠上了“独立”这个称呼，就变得特别美好、特别文艺一样。事实上呢？在中国香港，“独立”往往承担着更多不与人说的辛酸与艰苦，因为它意味着：没有后台，没有支撑，没有大量受众，却要顶着巨大的经济压力和被主流淘汰的命运。

中国香港被称为“文化沙漠”，这不是假的。在中国香港，喜爱阅读的人与日俱减，不是因为电子书的出现，也不是因为其他客观原因，只是因为，香港人不爱阅读。这些年来，老的餐厅食肆一家一家地结业了，独立书店也一家一家地消失了。

在读森记的故事之前，我们先听听这个故事。

（一）书阁（The Book Attic）

爱书之人Jennifer，2008年毅然放弃工作，在湾仔厦门街的小巷开了一家小书店，取名为“书阁”，出售自己收藏的600余本英文书。每一本店内的二手书都是经过她精心挑选，更亲自为每一本书做清洁消毒工作。她说：“觉得内心最满足的时刻是，当客人对我说，你的书是有挑选过的，不似其他书店，什么书都收。”

在湾仔开了三年，终于因为高额的租金，而不得不搬迁。后来便来到了中环的伊利近街，不料三年后，又要告别，这一次她说：离开不是因为租金，而是因为读书的人实在太少了……

书阁绝对是一家十分用心的书店，书架上的书井井有条，店内的布置宽敞舒服，自己录制店铺音乐，还定期举办书籍分享会。是的，在中国香港很少有一家独立书店可以做到如此。因此它的地位也非一般书店能及，CNN Go曾在2010年将“书阁”评为中国香港最佳独立书店之一。Jennifer曾说：“没想过开旧书店一件这样普通的事情，竟然会触动这么多人的心灵。”

可是这样的光辉只能留在过去了吧，六年后它终于要光荣结业了，在这六年间，书店有难，客人都会帮手，在准备结业期间，便有老顾客借出私人仓库给书店存放书籍，是这样浓浓的人情味，给书店画上了一个美丽的句号，又或者是逗号？

Family Health Guide
Medical Encyclopedia
THE SNAPSHOT BOOK
SPINAL MRI
Stroke A practical guide to management
CRANIAL MRI

五元一本
買十送三

（二）森记图书公司

听完上面这个故事，你大概能知道中国香港的独立书店是一个多么卑微的存在了。“独立书店”对老一辈人来说，是传承；对新一代来说，是坚持。

好了，现在来说说森记吧。森记在中国香港也算是一个响当当的名字。

1978年，陈琁初来中国香港，就应聘到开业不久的森记图书公司工作。在内地时，陈家住在厦门，陈琁的父母亲都是集美航海学院的教师。“文革”期间，父亲被下放，母亲则被派到图书馆做管理员。小陈琁于是有机会在图书馆里度过童年，因祸得福，发现了阅读的快乐。

所以，在书店工作的她，虽然收入不高，但是乐在其中。1980年代初期，森记的老板准备移民海外。有一天，他把陈琁叫到跟前说：“以后这家店就由你来做老板吧。”

陈琁说：“我是很想做老板，可是我不够钱盘下来。”

老板拿出一张存折，对陈琁说：“不用你现在给钱，从今往后赚了钱，就存到这张存折里，慢慢把钱给我。”陈旋就这样成为了老板。

大概是因为这个承诺，这些年来，虽然业主也加租一倍，但她仍说：“我一直有个信念，从来没想过有一日会不做，再辛苦也会挨下去。虽然经营困难，但我好想告诉别人读书好重要，不可以一日无书。”就这样，她坚持了34年。

森记应该算是所有书店中藏书量颇大的一家，有1.5万本旧书，一直堆到天花板。除此以外，最大的一个特色就是这里收养了30多只流浪猫。

书店开在很偏僻的北角，位于一栋很破旧的大厦底层。第一次探访时，书店还未开门，在门口等了又等。书店一开门，店里的猫便走出来寻找可以安睡的地方。瞬间，整个地下道已经满满都是猫。

虽然书店里的猫猫很多，但大家却和谐地相处着，因为店主在书店的各个角落都安放了猫猫睡觉的枕头、棉窝等，还细心地写上友情提醒：请不要打扰猫咪睡觉。比较凶的猫猫，则在脖子上挂上了“我是恶猫”的牌子。所以，猫猫可以自由地睡在地上、睡在书上、睡在书架上。

这里不文艺、不宽敞，甚至条件有那么一点不堪，但只要你开口，店主便会耐心地为你推荐，天文地理都可以无话不谈。这样有人情味的铺头也只有森记这样开了三十多载的老店才有，它比任何东西都要美得多。

老书店，需要我们更多人的支持。

森记图书公司：北角英皇道193号英皇中心地库19 号

(友情提示：探访请保持安静，不要打扰猫猫，并且带走几本书吧。）

（三）Books & Co.

要说中国香港的独立书店，Books & Co.绝对是我最爱的一家。

当第一次知道它时，地址中的“半山”两字让我大为惊讶，什么？半山竟然有一家书店？尔后看到书店的相片，只一张，那种久违的“就是它了”的感觉竟浮上心头。这时，心中的疑惑更大了。什么？半山竟然有一家这样艺文氛围浓郁的书店？！

那天雨后初晴，我踏着兴奋的脚步走上了去书店的路途。我坐在双层巴士的上层，看着阳光一缕一缕穿过叶缝洒到地面，港岛的山路很窄，老外牵着狗儿散步，三三两两的学生穿着校服走过，隐于闹市区一角的日式餐厅、西餐厅都在安静地营业着，那一刻，心里是久违的宁静。

我喜欢书店，尤喜欢二手书店。喜欢泛黄书页散发出来的陈旧气味，喜欢木地板、木窗台的老式布置，喜欢扉页上前任书主留下的浅浅字迹，也喜欢摩挲旧书封面时的沧桑手感。想到要在这样一个美好的午后，去一家旧书店打发一下午的时光，便忍不住地会心一笑。

巴士在书店附近的道路上停下，我左右张望，拐上一条僻静的山道，路上没什么人，一眼望去，葱葱郁郁的大树遮挡住炎热的阳光，巴士站前，零星居民边翻着报纸边等车。哦，这里多美。

走着走着，竟没有发现自己已经到达了书店门口，一回头，才看到。很奇妙的，它并没有把自己藏在巷弄之中，你却随时会错过它。这就是那种“大隐隐于市”的感觉吧。

红砖外墙、旧式格子窗门髹上墨绿油漆，高挂起来的黑色铁皮小招牌写着“Books & Co.”，一切都很简洁。这里是传统半山区，附近都是住宅和学校，没有游客，路过的都是附近居民和学生，书店就好像是融进了这环境里一般，让你觉得那么舒服。

而站在它的面前，我已经在心里说了很多次的“太棒了”。

推开门走进书店，舒服的民谣已经传到耳边。店员微笑着招呼我进来，书的气味已然飘荡在空气中，很多很多的书，整齐地堆放在走廊间，几个咖啡座椅，心目中理想的独立书店不就是这般模样吗？

这是一家书店，所以窗台上自然堆满了书。阳光正好，路人在门口的公车站等车，而一窗之隔的我，竟走进了另一个美妙的世界。

虽然书店坐落于半山，但这里的书一点都不贵，英文书比中文书多一些，而且看得出也是经过挑选的。书架上的书整整齐齐地摆着，没有故作姿态，只有店主用心的分类。它没有像其他书店一样标上历史、政治、文学等，当你仔细看，会看得到店主的用意。

喜欢这里宽阔的楼底、柔和淡黄的光线以及高挑的黑桃木书架，书本或置于柜子里，或于窗台上，或就地堆栈成山，还以为是走进了别人的书房。“希望进来的人感觉像被书堆包围一样。”店主James曾经说过，他还说“其实每本书好看与否、畅销与否、新与旧，作者也花了很多心思去写，每本书都有生命，当它们走在一起时，会有种氛围，是个很有智慧的环境。”

在这里，你绝对可以感受得到。

我点了一杯热巧克力，挑了个有阳光的位置坐下。用手掌紧紧包裹着微笑递来的瓷杯，感受文字和咖啡的温热。

你会很甘愿坐在这里，她就是有这样一种魔力，让你在仓促的步伐间，慢下来，再慢下来，看看手中的文字，看看高高的书架，看看宽敞的开放式厨房，看看路上的行人，那一刻好像会忘记了自己在快节奏的香港，那一刻只觉得是坐在朋友靠窗的书桌前而已。

3点时，一位客人走进来，店员微笑地问要吃些什么吗？客人说要意大利面。过了一会儿，店员端着做好的意大利面说：“给你加了一些分量，肚子饿了吧。”

听到这段对话，我也跟着笑了。

供应咖啡的书店，在中国香港其实并不算多。但Books & Co.做得很好，它的桌椅就在书架边，伸手就可以拿到，“喝杯咖啡看本书”变成了实实在在的生活滋味，而不是文艺青年用来装模作样的手段。

在这里除了书，售卖的只有自家制作的简易食物。所以，没有商业化，它只是一个街坊式的后书房。

James说过：“希望这里是舒适、平易近人的，有食物、轻音乐，并非学术性。阅读需要时间消化，你要挑选、要仔细看，不自觉便享受一个下午。”

就是这样一个地方。你不觉得，这才是生活在一个城市该有的风景吗？

Books & Co. 半山柏道10号

(友情提示：如要拍照者，请先征求店员许可。)

乌兹别克的盛夏

胡成

老旧的塔什干地铁，可以抚慰一切。

进入一座塔什干地铁站台，就仿佛瞬间坠入苏联时代。

没有仿佛，没有好像，就是苏联时代。

塔什干

我是被透过窗帘的如同正午般明亮的阳光吵醒的。

那时候，才是塔什干的清晨6点。夜仿佛未曾发生，阳光无休无止地喧嚣着。还好，我有耳塞，在嘈杂的阳光声中，足足睡了8个小时。世上没有多少事情能够比在熬过一个通宵以后饱睡一觉更令人愉快的了，床垫很柔软，空调很安静。

透过窗棂，我看见房东先生正准备出门，他套上了一件宽松的牛仔裤，就像是所有老派的苏联人那样。他眯缝着眼，站在葡萄架下。

我沿着Nukus大街向西南方向走，在与Abudulla Qahhor街之间相距短短的一段路上，满种着叶片宽大的无花果树。无花果还是新绿，却已经有了淡淡的果香。是夏天的味道，让我愉快的夏天的味道。在无花果香里，开在街边的老旧的赫鲁晓夫楼里的诊所白漆的门窗被打开，同样白色的大夫与护士们，坐在楼后的水泥长椅上，看着风穿堂而过。

直到Abudulla Qahhor街，所有白漆的木窗都半开着，白漆的菱形交错的窗棂，还有白色旧布的窗帘。每走过一扇窗，都有一股毛毯总在阴凉处时的轻忽的霉味。然后一阵阳光，一阵无花果香，一阵树荫，一阵新刷的油漆香，一阵风，一阵焙烤的麦香，一阵扑簌簌鸟飞来的声音，一阵汽车马达声，一阵不知道匿身在何处的鸟的啼鸣……各种气味与声音交杂着，弥漫在燥热的空气里。

汽车静静地尾随在行人的身后，只待行人们发现，没有司机按响喇叭去搅扰寂静，无论俄罗斯人，还是乌兹别克人。

除了，又一阵嘈杂的阳光。

转到Shota Rustaveli大街，49号楼上镶嵌着的铭牌，铭刻着最初构筑这一片宁静的时间：

Сооружено в 1958 году

所以，大约某个人坐在55年前，开始记叙55年后的某天，某个无花果树结果的夏天，某个人在这里无足轻重的一天。

以色列大使馆，就在Abudulla Qahhor街里，没有什么特别的安保措施，甚至不是择地新建的馆舍，所以只是在与咫尺之遥的住宅楼间，竖起一面水泥墙，以免被阳台上的人窥见尴尬。使馆门外一道若有若无的铁栏，两位警察聚在阴凉处闲聊，戴着礼拜帽的乌兹别克穆斯林从门前走过，还是咫尺之遥。

在Bubur路南口的街心公园路旁，坐上了一辆私人运营的出租车，其实就是所谓的黑车。开车的乌兹别克人听不懂一句英语，从Google Maps里看清楚我的目的地后，招呼我上车。我本想先询价，但是他却很不耐烦。坐在车里我想，如果他像中国的黑车司机那样宰我，我一定要据理力争。嗯，然后再按他要的数目给他。

没有办法，我在国外赖以交通的Google Maps，在塔什干无法给出任何一条公交路线，而事实上塔什干公交路线如阳光般密布在每个角落。3公里以内，我可以步行，但是圆顶巴扎与我北南相隔几乎整座塔什干城，其间离我最近的地铁站已有3公里，出租车实在是迫不得已的选择。在我完全不知道基准价格的前提下，有引颈求一戮的慷慨。

乌兹别克人学会了俄罗斯人的一切，比如对行人的温文尔雅，也比如在道路上的疯狂驾驶。当然，这也是察合台人后裔们的共性，无师也可自通。车不大，脾气却很大，这实在没有什么数学公式可以计算，好在体格魁梧的乌兹别克司机开得再疯狂，也没有从色力布亚回巴楚的那位瘦小的维吾尔司机疯狂，泰山屡屡崩于我眼前，再塌个把楼房实在不会惊惧。唯一让我惊惧的是，我一路在盘算他会问我要多少车费。

车停在可以看见圆顶巴扎绿色圆顶的路旁，我怯生生地掏出厚厚一沓苏姆，想着据理可以，力争还是算了。不料他只是轻描淡写地伸出四根手指。4000苏姆，折合人民币8元钱。

我简直都想再多给他几张。

圆顶巴扎仿佛是一顶巨大的蒙古帐篷，内部有足球场半场大小。二层之上，抬头便是穹顶，只能说是大而无当，甚至有鹰在飞，也许是鸽子。

二层是肉类市场，乌兹别克的巴扎里牛肉也是大宗，毕竟牛肉才是俄罗斯人的真爱。出售方法也更文雅，分割好的肉块，用草纸包好。勤俭的人，站在近处观摩个把钟头，回去脱下外套，能拣出三五只烤包子馅料来。

奶制品数量也是不少，还有在只是环形依外墙而建的三层上出售的干果，都属于本地传统的食物。外侵食物物种，是朝鲜泡菜。托斯大林的福，乌兹别克的朝鲜族人数众多，在塔什干最大的巴扎里都有连片的朝鲜人出售自制的朝鲜泡菜，也莫怪每个乌兹别克人都会首先错认我来自Korea。

圆顶巴扎外主要出售水果蔬菜，以及种类繁多的各种香料。香料市场里有所有市场中最为迷人的味道，虽然太过浓烈。这都还是正规整齐的市场，游商散落在各个角落，居然也有城管之类的管理人员，时常把他们吓得四散奔逃。

还有在离开伊尔库茨克后，再也没有见到的散装格瓦斯。依然还是被涂成鲜艳的橘黄色的桶，同样颜色的桶里装着的还有散装啤酒，有意无意地彼此错开，人们各自围着自己的心头好。

我的心头好，却在圆顶巴扎外。

圆顶巴扎西门外，有一间名为Buyurtma Somsa的烤包子铺。对于撰写各种旅行指南的西方人而言，塔什干的美食是制作方法与任何西方饮食迥异的手抓饭，可是对于新近周游中国新疆的我而言，手抓饭实在是最难分辨高下的食物之一。只要羊肉足够新鲜肥美，手抓饭便总不会差到哪儿去。反倒是之前一家的烤包子，实在令人大失所望。烤包子馅别无二致的肥腻，不明就里的一口咬下去，简直就是一口咬在了羊尾上。我很难相信，烤包子的肉馅难道向来如此偷工减料？

答案果然并非如此。只是以资证明的，却是乌兹别克人的烤包子。塔什干的烤包子形状大体分为四种，听不懂主人的解释，不明就里，大体感觉是馅料的品质与口味有所不同。一只传统的三角形的烤包子加一只纺锤形的烤包子，售价2800苏姆，约合每只人民币3元不到。

Buyurtma Somsa的烤包子铺生意极好，也许是临近圆顶巴扎的缘故，食客众多。在塔什干，有些杂货铺也兼售烤包子，如同售卖面包一般，是普通的主食，所以也无须一定新鲜酥脆。那样的杂货铺里，总免不了置备一台微波炉，为客人加热，否则冷凝的羊油太过腥膻。

三角形的烤包子，显然比我曾吃过那家的烤包子更为大腹

便便，内里有更多的馅料。而且，是大块的纯瘦的羊肉，更多的洋葱丁，羊尾油只有细碎的一两粒。纺锤形的烤包子里，则是绝无羊尾油。包子皮儿更厚，烤制起来更为酥脆，不至于干硬。这大约才是烤包子本来的面目，我曾吃过那家的烤包子，也许太过于主食的身份，受制于价格，只得偷工减料，一如兰州的牛肉面，眼见得面碗里牛肉片成了牛肉屑。

佐餐的免费的茶，也是品质更好的袋装红茶，没有廉价且味道古怪的砖茶。特别的是，会有一盏调配着迷迭香的番茄酱，这大概又是苏联化生活方式的直接入侵。同桌的乌兹别克老人，按照他的习惯，第一口咬开烤包子后，会用调羹把番茄酱注入馅料内，类似关中咬开包子灌辣椒油的吃法，看起来似乎会更加美味。只是我对形似香菜的植物敬谢不敏，没有如法炮制。

去圆顶巴扎，是为了可以去步行距离之内的Hazrati Imom Jome Masjidi清真寺。清真寺后的Hazrati Imom图书博物馆，收藏着那本著名的据称是世界上最早的7世纪鹿皮写本《奥斯曼古兰经》。我以为我可以看见些什么，而事实上似乎什么也没有看见。被帖木儿带到撒马尔罕，再被俄国人带到莫斯科，最后由列宁归还给塔什干的伊斯兰圣迹，拱璧般置于玻璃展柜之中，展开着，果然巨幅，每页几乎有我一臂之长。可是能看见的，却也只有这么多。

我有些为我阵亡在守卫警官办公桌里的6000苏姆门票钱感到痛心。换作三个烤包子，我可以吃上一个中午。而看《古兰经》的时间，还没有脱鞋子与穿鞋子的时间长。

Hazrati Imom建筑群中，唯一让我感觉到人性而非神性的，就是外窗台的高度，都是适合人们坐下的。这也确是为方便人们坐下而设计的，窗台上无一不覆盖着一层红铜片，保护砖构，也爱惜裤子。

塔什干的正午，42摄氏度。但是坐在背阴的窗台上，依然凉爽，不时有免费的风。

直到想起办公桌里那六张1000面额的苏姆时不再感觉到剜心的痛，我才起身，决定回返。

在转角的O'zbek Liboslari Galereyasi商场前，我以为万能的真主会赐予我一场艳遇以弥补我的损失，而实际上，与我搭讪的两个姑娘，是在为她们的同学制作一部Happy Birthday Video。

友邦人士，自然被要求友情客串。她们和她们的朋友都是乌兹别克人，却都有着一个标准的俄语名字。

她们的同学名字听起来像是安德拉·米拉，但是其中的“dr”是令我感觉恐怖的颤音，姑娘反复教我，我甚至可以看见她喉头颤若桃花的声带，但是我知道我是无论如何也学不会的。于是我的Say Happy Birthday，安德颤音拉米拉同学听见，一定会笑话我。

于是，我的情绪又低落几张苏姆。

老旧的塔什干地铁，可以抚慰一切。

进入一座塔什干地铁站台，就仿佛瞬间坠入苏联时代。没有仿佛，没有好像，就是苏联时代。

一切还停留在乌兹别克苏维埃社会主义共和国时代的塔什干。

全苏联的地铁都以莫斯科地铁为蓝本修筑，只是没有任何一座城市的地铁能够从气魄与美观上超越莫斯科地铁。塔什干地铁虽然老旧，但塔什干却是在苏联时代中亚五国中唯一拥有地铁的城市——提起哈萨克斯坦阿拉木图有本国自建的新地铁，总是会令每个塔什干人懊丧起来。没有莫斯科地铁那样深，地铁站也没有莫斯科地铁站那样华美，甚至因为昏暗的灯光，显得破败，但却如铸铁般。虽然看起来晦涩暗淡，却是坚不可摧的。正如那些1958年建成的楼房，安如磐石。

塔什干地铁站几乎全部由大理石构筑，甚至在换乘通道内，铺地的也是打碎的大理石边角料。大理石碎块与将其凝固在一起的水泥，已经被乌兹别克人的脚步打磨得光可鉴人。只有寂静地敞开并且贴附在墙上的厚重的看起来可以防止核武器攻击的铁门，才能看出塔什干地铁修筑之初气势张扬的用意。

但是，一切都沉寂下去了。

苏联已经不在了。虽然从苏联不在的那一天起，乌兹别克便在卡里莫夫一人的专断统治下直到现在，但毕竟苏联已经过去了。

将房东先生经营成旅行社与民宿的Olga送给我的Beeline UZ电话卡，可以自由地连接Twitter、Facebook，甚至每一处Wi-Fi，以至于我不得不关闭一道又一道我处心积虑设置好用

以打开他们的软件。

我是有心理准备适应任何管制场合的。进入塔什干地铁需要开包检查，在Milliy Bog'地铁站被要求出示护照，地铁站内有保安巡逻并且禁止拍照，这些微不足道的限制，我接受得无比坦然。

从Ming O'rik地铁站回来是我最熟悉的道路。

地铁站边的Р е ф е 餐厅正是午饭时间，推门进去才发现是标准的俄式快餐。俄式快餐大约是我对俄罗斯的第一印象，是在伊尔库茨克的先入为主。在俄罗斯，俄式快餐是我最廉价的选择。而在乌兹别克，俄式快餐似乎却很奢侈。

半碟还有些夹生的炒米饭，2500苏姆；主菜是浇在米饭上的洋葱烧牛肉，9000苏姆，牛肉实实在在的真是没有少给；一瓶苏打水1000苏姆，在俄罗斯免费的黑面包，在乌兹别克也是收费的，一片100苏姆，总价12900苏姆。这并不是一份完整的俄式快餐，没有汤，没有水果，没有甜点，甚至没有土豆泥，所以如果完整的一份的话，大约需要25000苏姆。

可惜，烤包子铺不是无处不在。

塔什干时间晚上9点的火车。

当我开始写今天的日记时，听见房东先生回来开门的声音。几乎悄无声息的，我甚至没有听见他锁门以及走回他的小屋的声音。

当我不得不离开的时候，我决定与房东先生道别。他光着膀子，坐在他的小屋里。厨房台阶的地上，散放着几只塑料袋。豆子，几朵菜花，不知道他从哪里买回来的这些零碎的蔬菜，我甚至怀疑他是不是从哪里捡来的。

我示意我想与他合影，他让我稍等，然后从小屋的衣橱里，翻出一件红色的T恤。他的不通风的小屋和厨房里都没有空调，在塔什干的夏天没有彻底黑透之前，闷热难耐。

红色T恤只为合影存在片刻。

我想知道他的名字，我递给他纸与笔。他坐在厨房的桌前，一盏白炽灯让空气变得更加烦躁。

他却似乎想了很久，戴上眼镜，似乎又写了很久。

递给我的纸上，他用圆珠笔反复描画着他自己的名字：Андрей。

布哈拉

燥热像是那些已经无能为力的察合台人，在如同帖木儿般强悍的夜晚来临的时候，四散溃逃，瞬间消散于无。

塔什干火车站的五号站台上，聚满了乘客与列车员，车厢里闷热得像是谁家余火未熄的馕坑，卧铺车厢里赭石色织锦的床单枕巾像是烤焦的包子皮儿，人们肉馅一样躺在其中，片刻便会熟透。

所以人们都在站台上，有凉爽的夜风，一轮明月，几枚朗星。

苏联标准的宽轨列车，与俄罗斯别无二致的软卧车厢，虽然苏联人向来以粗犷与漫不经心闻名于世，但是就客运列车而言，舒适程度还不错。隔断门上的储物空间是专为上铺乘客使用的，下铺床铺下有仓斗式的储物空间，开口向上，抬起床铺取放行李，实在是再安全没有的设计。铺位侧面上部，并列有存放杂物的两格空间，空间的盖板兼作人坐在铺位时的头枕。每位乘客上车后，列车员都会奉上全新的床单、枕巾、被罩与毛巾，哪怕之前的旅客只搭乘一站，同样会换新的，绝无混用的卫生之虞。虽然以乌兹别克的经济实力，在这些细节上做得没有俄罗斯好，但依然让习惯了中国铁路的我感觉愉悦。列车上的枕头宽大而松软，空调始终难以将车厢内的温度降下来，可我还是一觉睡到清晨，像是在西伯利亚铁路的那些夜晚，完全无须为在列车上无法安睡而焦虑。

所以直到醒来，我才注意到对面下铺不知从哪里上车的乌兹别克年轻人，还有加长加宽的桌面上，不知道怎么忽然堆叠起五只硕大的乌兹别克烤馕——类似加宽的新疆圆馕，或者放大的平底甜甜圈。毫无疑问，肯定又是对面上铺那位乌兹别克俄罗斯人昨夜从哪个站台上买来的。事实上，他在塔什干上车的时候，行李中已经有一袋烤馕了。

从他的乌兹别克护照上瞥见他出生于1962年，看起来也恰如其分得像是一位62岁的俄罗斯老人，秃顶而肥胖，热情而友好。他用俄语告诉我每件他觉得需要让我知道的事情，比如需要自己把列车员递过来的床单铺在铺位上，套上枕巾，以及拿着毛巾去盥洗间擦擦身上的汗。

相对而言，他的外高加索旅伴则显得沉稳许多，穿着考究，清晨早早换上笔挺的衬衫西装与锃亮的手工缝制的皮鞋，站在过道里，抬眼眺望清晨乌兹别克的旷野。完全不像昨夜将入睡前，和他分食一袋油腻的巧克力甜甜圈的那位同样馋嘴的老人。还有昨夜与今晨，躺在上铺的两个人不知道在说着什么可乐的事情，笑得像是做了坏事又庆幸没有被发觉的孩子。他们简直笑得要背过气去。

列车准时准点到达布哈拉。

乌兹别克人盛装任何食物，用的也都是黑色塑料袋。前夜在塔什干，当我打算打包剩下的肉串与烤馕的时候，看见服务员从厨房翻出来的黑色塑料袋，以为拿的是垃圾筒，忙不迭地推辞。看到他拿出来的同样的黑色塑料袋，我才明白向来如此。他抓起最上面的一只烤馕，递给我，指着我的背包，意思是要送给我。

我自然同样要推辞的，其实我更想吃他的巧克力甜甜圈。

布哈拉新火车站距离布哈拉老城有遥远的13公里，与一位揽活的俄罗斯老人以12000苏姆成交，搭他的面包车进城。我几乎没有怎么还价，从他的态度能够判断出10000苏姆即可成交——可是当由布哈拉老城回火车站时，同旅馆的挪威人相信旅馆老板会为我们找一辆cheaper的出租车，欧美人还是单纯，完全不了解老板们的热情。没有办法，已经答应的事情也不能反悔，我只好放弃自己找车的打算，任由旅馆老板安排。下车的时候，司机毫不犹豫地要价13000苏姆。而事实上，因为选择更多，从城内去城外的车站机场的价格本可以更低的。

布哈拉是一座拥有众多翻新古建筑的历史名城，布哈拉汗国都城的模样很容易迷惑猎奇的游客，但是事实上，大约与平遥并无二致。

大多数古建筑被翻新到令人起疑的程度，除却清真寺与经学院，其余的古建筑里充斥着出售旅游纪念品的商铺，而本来用途的宗教场所，也不能放弃营利的目的，对游客的参观收费绝不手软。而且在建筑之外，并没有明确醒目的收费标记，只是在你以敬畏与虔诚之心踏入的时候，忽然有人会用英语招呼你：Ticket。

除非你是Mr.Ticket，否则你很难会喜欢上这样的招呼。

相较而言，希瓦的计时通票制更适合这样的古城，尤其是与希瓦类似的古建筑集中的布哈拉。但是这两座城都不会是我所喜欢的，布哈拉遍布收费的陷阱，而希瓦在迁出所有的居民之后，形如动物园中的标本。

对于一座城市而言，建筑只是其中的一部分，甚至是一小部分，与之息息相关的人才是余下的大部分。对于古城的保护，迁出所有居民诚然是不错的保护方法，但也是最懒惰或者只有在集权国家才可能有的保护方法。能够保护一座有生命的、人与建筑和谐共存的古城，恐怕才是真正的保护。能够多少做到这一点的，似乎只有圣彼得堡。

所以，我也无意于去记述布哈拉的那些建筑，对于他们的记述可以参看任何一位曾去布哈拉的游人笔记。

Lyabi Hauz，一处水塘，虽然不是布哈拉老城的地理中心，但却是布哈拉老城事实上的中心。

长期流通的最大面额只合人民币2元钱的1000苏姆纸币，让每个乌兹别克人都有快速点钞的绝技。或者说，不能够快速准确地点钞，在乌兹别克几乎无法生存，点错导致枉费钱钞不说，还要忍受不知道多少焦躁等待时的白眼。

所以，我早早在镶着金牙的俄罗斯老人的面包车后座上点清了12张千元大钞，这样不至于耽误彼此的时间。那时候是早晨8点，对于中亚的夏天而言，虽然阳光已经炙热，但是时间还早，布哈拉一片寂静。

我懒得再细细地去找旅馆，因为我担心大多数的私人旅馆还没有开门，主人也许还没有起床，吵醒别人万一不满意再不住的话，我又会不好意思。事实上，我多虑了，在清晨的阳光如此嘈杂的中亚，人们实在很难赖床。人们在夜晚更喜欢开窗，因为需要凉爽的风，所以阳光会在第一时间跳进房间在你的耳边大声把你吵醒。

水塘南边的一排窄巷，即所谓的犹太人区，是布哈拉老城旅馆集中之地。我住在我看见的第一张招牌的旅馆里，

Sarrafon巷的Sarrafon旅馆，25美元一人的双床房很贵，比巷内略深处的旅馆要贵上10美元左右，而且没有网络，但是我懒得再找了。

我看上了他们的早餐。女主人的煎蛋是我迄今为止吃过的最美味的煎蛋，蛋黄在若化未化之间，蛋清均匀着焦脆与软嫩，空口吃略微有一点点的咸，但煎蛋本来是用来配烤馕的。清晨离开的时候，为我们找到那辆cheaper的出租车，英语熟练负责接待客人形如旅馆真正老板的她的儿子，煎蛋做得实在差强人意。我甚至想把同桌那位伦敦人吃剩下的蛋黄也给拿过来，可我不好意思再要煎蛋，因为我付的房费中包含的早餐在隔天早晨，而不是当天早晨。

伦敦人吃完早餐，背包去了希瓦；我吃完早餐，在布哈拉看那些翻新的如同仿古建筑的古建筑。片刻，我便觉得厌倦。

布哈拉在苏联建国初期，据载有将近百分之七的犹太人口，主要居住在旅馆所在的一片区域，故而也称犹太人区。以色列立国，直到苏联各国犹太人可以自由迁徙以后，布哈拉的犹太人口也日渐减少，走到现在的区区几百人。

无论本地居民，还是游客，都聚在水塘四周乌兹别克人的餐馆就餐。但是乌兹别克侍者也希望我能坐在水塘北侧的一区，并非是因为我的种族与信仰，而是因为北侧一区的侍者可以说英语，使用的也是英文菜单。

可我还是坚持坐在东侧，坚持使用俄文菜单。这纯粹是我的私心，我只是担心布哈拉与许多旅游城市一样，英文菜单的标价是最昂贵的。

于是我指着我完全不认识的俄文菜单，用英语点了他们的名菜，一种用长达两尺的铁钎串上肉泥丸烤制的肉串。四枚一指长的肉丸之间，串一枚西红柿一同烤出，兼作点缀，也可开胃。一串14000苏姆，合人民币28元，并不便宜，而且账单上显示还需再加12%的小费。可是分量足够，我也只是很勉强地才能完全吃下，胃口小的，足够两人食用。

肉丸的味道被调制得很好，再配一篮烤馕，吃得我早把那些仿古建筑抛在九霄云外，宁可回旅馆反刍美味，也不想在最酷热的午后去看什么布哈拉。

是的，我只是这样说说而已。

我总还是要去看布哈拉的，毕竟万里迢迢来此，但是我只为Mir-i-Arab经学院付了6000苏姆的门票。清晨去时，不明就里，门内坐在卧榻上的手中握着一大沓苏姆的守门人似乎也没有打算向我要门票，可却不知道从哪里闪身而出一个孩子，英语熟练地招呼我："Ticket."

我并不觉得一处空荡荡的院落值得我花6000苏姆，所以便借口去吃早饭，闪身离开。只是答应回头再来，不料我自己却纠结于这句"回头再来"，觉得不能向一个孩子撒谎，于是下午又悻悻然回来，老老实实奉上6张千元大钞。

我交过门票后，显然孩子并不打算放过我，举着两盒明信片追上来，说因为我们是good friends，所以打算卖给我一个cheaper的价格。大盒的明信片售价2美元，小盒的明信片售价1美元。一来我正打算要买明信片，二来我也正好有3美元零钞，所以照单全收。这似乎更激发了他的商业潜质，他把我领进他在售票处的小屋，给我展示堆积在屋里的各种明信片。

他写了一张送给我：To my best friend, Mitaziz.

我终于发现，我有一万个理由对不起这个自称有乌兹别克、塔吉克、俄罗斯、伊朗还有哪国的五国血统的米特阿齐兹。这实在是一个天生的商人，无时无刻不在想方设法从每个游客身上赚到所有能赚的钱。他向我展示明信片上的景点，希望带我去看没去过的地方，自然那是需要收费的导游服务；他"好奇"我是中国人，希望能得到一些中国货币做纪念；问我的相机的价格，并且说他非常希望拥有一台相机但是却没有，他似乎知道这样的说辞会让游客出于安慰的心理给自己的相机报一个更低的价格，我也确实如此，结果他马上表示希望能够出钱购买我显然真正cheaper的相机。

于是，我在布哈拉，落入了我最不喜欢的旅行方式，就是被景点的无休无止的商贩无休无止地纠缠。

感谢40摄氏度的高温，让布哈拉的游人零落，商贩也因此懒于生意，我总还有时间能在哪里，静静地坐上片刻。虽然

Goodyear

我坐在经学院外的石阶上看着乌兹别克姑娘用钩针织毛衣的时候，有酡红着脸的乌兹别克人走过来，真诚地邀请我去他们家的餐馆午餐；虽然我坐在经学院深处的角落，静静地张望着空无一人的庭院与院墙外高大的Kalon宣礼塔里，红衣服的米特阿齐兹不停地闪现在门廊里，希望我回去继续洽谈生意。

但唯一让我喜悦的是，一名经学院的学生走进来的时候，微笑着右手抚胸躬身致意：Ansalam。

一个风情万种的越南

蒋瞰（不系舟）

上山寻仙路上，越南最crazy的摩托车声和哀怨的情歌渐行渐远，代之以远山、农田、庄稼、椰树。牛羊下山，车子停下，让长着招风耳的羊群先过。

很多人说，自杜拉斯和陈英雄后，越南又在人们心中流行起来，是因为安妮宝贝，她描绘了一个风情万种的越南。

曾有一个越南同学，嗓门很大，老远就能听到他的声音，又不好意思责怪他，因为他总是很无辜地表示自己已经压低音量了。直到我来到越南，才明白大嗓门是有天然背景的。

早上8点，成群成片的摩托车从我面前闪过，蜜蜂、蝗虫一般，轰隆隆巨响一声接着一声。作为一个刚从一年见不了几个人的大洋洲国家出来的人，站在路口纯真地期望等车全部过去再安安全全、老老实实地过马路。就这样在太阳底下不知所措地晒了十多分钟，可能是把小卖部的男孩感动了，走上来边比边用简单的英语单词夹杂着听不懂的越南语，如吼一般告诉我：向前走，只管走，你不会死的！我定定神，埋头大步走，不敢看两边的车，这是冒着生命危险在旅行啊。神奇的是，我安全地过了马路。

第二天，和一位在法国留过学、去年刚回到越南的朋友聊天，我想象着他向我娓娓道来：他说刚从巴黎回来，在那里读书，住在沙梨，正好在河岸上，有一幢大宅，还有蓝瓷栏杆的平台。结果，他劈头盖脸抱怨刚回来时对于疯狂摩托车的不知所措，反倒是当地一个美国朋友拉他过的马路，还一路声嘶力竭地安抚他“直接冲、冲、冲”！搞得他觉得很丢脸“明明我才是当地人啊”。不过，在越南，开摩托车的人个个身经百

战、自有定数，要不然一个8000万人口的国家，怎么会有600多万辆摩托驰骋在城镇乡间？路人只需要按照自己的步速走即可，若在马路中间突然停下且左顾右盼，反而会让开车的人乱了方寸。

除了整日整日的摩托车发动机巨响，驾车之人习惯性地按喇叭也成了噪音的来源，明明前面没人，摩托车主一边加速一边大肆揿喇叭按钮；少数的几部私家车更是嚣张，喇叭声贯穿空荡荡的马路。

早上出门，公共高音喇叭固定在蜘蛛网般的密集电线里，乍一听有点像国内2元店的宣传口号“走过路过不要错过”之类，后来听着不像，便问当地人，说是早间新闻和共产主义宣传。在商业繁忙的三十六行街上，每一条街都安装了这样一个喇叭。

真是一个没有片刻安宁的城市，怪不得连当地人都要用crazy来形容。也因此，没有练就一个大嗓门无疑是不适合在此地生活的。

越南也有自己的乡土味，那种在深山里的幽静平和小镇。当一个人想选择隐居的时候，顺化是最好的选择。然后，人们把安宁的终极定义落在和一个喜欢的人隐姓埋名，生很多孩子，如果这个地方适合，那么就是幸福的。

茉莉花，水牛，闷热的沼泽地，稻田，雨水的气味，天空，植被，平原，河流，永远是最为接近的生活。在去顺化福禄县陵姑湾的深山度假村的路上，经历了一场阵雨，像是在提示，你不再被打扰。

陶土瓦斜屋顶，木头椽子天花板，深深庭院，是顺化传统的花园洋房。光看回纹装饰、木制镶板的窗户，当地老人无不自豪地说，“这是顺化曾为皇城时的窗户造型”。河道两边挂着各色灯笼，而灯笼正是越南境内几个古城的特色——像在会安，农历每月十四五号月圆之夜都是它的“怀旧日”，这一天全城将会统一停电，家家户户穿古装、挂灯笼。晚上出来散步，亭台楼阁，青苔老瓦，大的小的、圆的尖的、橄榄形状的灯笼光影斑斑，像是回到了那个没有电灯、没有汽车，日落而息的农耕年代。

很是幸运，从福禄县出来，我得空入云深处，拜访了仙风道骨的Amano'i，那个在梵文里意为“安宁之地”的地方。

在胡志明市东北部——宁顺省土生土长生活了50年的工作人员说“第一次来时，不敢相信这是自己的家乡”。再后来，他就待了下来，哪怕原本并不知道这里要建的是全球第26家安缦——念了好几次才记下这个名字，并且知道是个度假村。

上山寻仙路上，越南最crazy的摩托车声和哀怨的情歌渐行渐远，代之以远山、农田、庄稼、椰树。牛羊下山，车子停下，让长着招风耳的羊群先过。女人戴着斗笠坐在屋前的小凳上，孩子们光着脚在地上嬉戏。驶过一个叫Cam Lap的小镇，车子堵在正在维修的工地上，我问，只此一条路前往Amano'i吗？随行的小姑娘说，还有一条是高速公路，但这条路会给你意想不到的美景，过了便知。

那我又何必焦躁？

没过多久，工程车掉头，我们的车驶向盘山公路，沿路看到的都是重峦叠嶂和无尽的山石。豁然见海，白帆点点。我拿起相机，一直默默开车的司机把车停下。

“看到那个亭子了吗？就是Amano’i的餐厅。”姑娘指着海对岸山顶最高处。

有种玉皇天风的错觉。

山顶环绕式观景台的建筑灵感来源于越南公共大厅，层高顶尖，兼顾所有用餐功能。竹、麻、木，到过法云安缦的

人会觉得这种布置似曾相识，只不过一个野趣，一个壮阔。中间用玻璃围起来、有空调的区域显得更为正式。但我偏爱周围开放空间，蔓延的东海海岸线，无边的白沙滩，远处的Vinh Hy海湾，形形色色的热带植物，海风混合着干燥的沙漠之风。傍晚5点，只消远望天边的变化，从第一道晚霞直到火烧云，一时恍恍惚惚的，天空里又像那个又像这个，其实什么也不像，什么也看不清了。只是低头揉揉眼睛、喝口咖啡的当儿，天空就等不及了，再抬头，火烧云下去了。

靠陆地国家公园的一边被用作酒吧，墙上那些阮朝时代的越女，妖娆的西贡小姐，伴随着栖息繁衍的多达1500种植物、160种鸟类和60多种动物，在昏黄的灯光下活了起来。

海边总是风特别大，大到将重重的麻布窗帘吹得乱颤，也吹来了一股清香。循香而去，找不到源头，直到在床头捣鼓胶囊咖啡机时意识到香味或许来自旁边的植物——晚香玉。夏季是晚香玉盛开的时节，而越南湿热的气候正好成为它舒适的土壤。黄绿色的线条形叶子丛生，花茎较长，向外伸展出小花丛。洗手台、沙发边、露台上、枕头边，不经意间，Amano’i的角落细微处都有这样一小株，怪不得香味像是自四处而来。月下的花儿都入梦，只有那夜来香，低调而芬芳。

愿每场旅行
都可以修复灵魂

纯真的印度尼西亚

坐上电车，都有想去的地方

暴走伊斯坦布尔

不曾抵达的西藏

去马丘比丘经历一场修行

在最美的风景里流放

纯真的印度尼西亚

叶舒婧

愿意翻山越岭去寻找一片失落的乌托邦，或情愿待在没有任何景点却有物美价廉生活条件的大都市，都是因为那一点对纯真的怀念。

短短五天的印尼之行，仿佛就是去领略这个国家的奇葩之处的。一来我不爱巴厘岛之类的海岛，二是婆罗浮屠等佛教遗迹也看多了，纯粹是因为从新加坡去印度尼西亚的机票便宜，给护照上多添个签证也不错嘛。

到雅加达入境的时候，遇到一位灰色皮肤的靓仔边检，发现我的行程只有雅加达、日惹加上可疑的三宝垄，拼命问我“为什么不去巴厘岛？这么好的地方怎么可以不去”。为了这个问题我绞尽脑汁地自圆其说，保证下一次来印尼一定去巴厘岛，这才放我过了关。

蹭着机场Wi-Fi等大巴，没想到上了大巴继续有神奇巴士

Wi-Fi，心想这个奇妙的国度马上就要超过越南除菜场外全覆盖无线的水平了。巴士停在独立广场东南角的Gamir站，于是我背着包开始了烈日炎炎下徒步穿越大广场的壮举，说它是壮举一点也不过分，因为它实在太大了。广场是外边一个大正方形，里边再套菱形的构造，最中央是高耸的纪念碑，唯一的一层屋檐下围满了密密麻麻的人，远看过去让人想到那种茎上覆满蚜虫的蒲公英，不由得鸡皮疙瘩一地。

这类似徒步穿越大峡谷的壮举好不容易完成，又走过比地图上感觉远很多的几条街，终于快到雅加达唯一的一家hostel。此刻我已饿得两眼昏花，看到路边的家乐福就赶紧冲进去，发现超市居然可以直接买了东西在购物区里吃，选了几个蔬菜和一份饭，不料上来一尝，蔬菜全像是水里直接一捞，

淡而无味，唯一的调料就是浇在饭上不甜不咸的花生酱，即使在这么饿的情况下都无法下咽，只好随便扒了几口白饭了事。

降临印尼的感觉就是这么饥热交迫又精疲力竭，满街的炸鸡味让我边走边反胃，连日本料理的乌冬面都甜得让人心慌。雅加达这样的大城市，本来只当它是个中转点，所以在这里所有的活动就是找个凉快的大商场，找个自己心中有数的全球连锁店，比如星巴克、必胜客。于是抱着不敢太冒险的心态，接下来在印尼的节奏就是肯德基、麦当劳、面包新语，加上本土一家还不错的JCO.COFFEE，有很甜却味道不错的牛油果拿铁，还附送甜甜圈和无线网络。

雅加达有一种叫“Trans Jakarta”的快速公交系统，类似于国内的BRT，其他城市也都有，只要3500盾（不到2元人民币），就可以在市内各条线路内无限换乘。当我刚想称赞下这不错的交通系统时，崩溃的一幕发生了。我在换乘大站转蓝线去机场时，正赶上下班高峰期，看着红线的空车一辆辆飞驰而过，蓝线的车却少得惊人。等车的人几乎把狭窄的站台挤满了，我被挤在人群中动弹不得，还生怕被挤下站台来个客死异乡。半个小时过去，一个小时过去，还是纹丝不动，这情景不亚于广州火车东站春运回乡潮的情景。

对人来说，距离感是个很重要的东西。长时间和周围的人处于无缝连接的话，就会感到焦虑不安。果然，人群开始躁动了，各种嘘声、不满声此起彼伏，虽然现在印尼一副表面平和的样子，毕竟这是自己不熟悉的地方，我只好大气也不敢出心有戚戚地杵在人堆里，呼吸着浑浊而味道诡异的空气，等待转机。

幸好，雅加达的机场明亮舒服，机场是个找人借火聊天乱侃的好地方，再次遇到了第一天灰色皮肤靓仔边检，他依旧穿着一身帅气的制服，很绅士地来回巡查着，让半夜的候机大厅都显得生机勃勃了很多。我找了两个沙发一拼，蜷在里面睡了个好觉，等候凌晨的航班，迷迷糊糊一睁眼的时候就已经在日惹落地了。

日惹是此行唯一目的明确的去处，城郊就是东南亚三大佛教遗迹之一婆罗浮屠，另外两个分别是柬埔寨的吴哥窟和缅甸的蒲甘。这个婆罗浮屠也有趣，外国人和本国人必须分开买票，外国人门票要20美元，本国人大概只要3美元。本来想找个会英文的印尼小伙子帮忙试试混过去，没想到刚到门口，就有人把我领到外国人售票处，一个劲地问我："学生卡！学生卡！"突然想起带了大学的过期饭卡，拿出来一秀，对方居然正儿八经地拿去复印，然后收了我10美元的半价票。

在日惹住的青旅也真是豪华，一走进去还以为是某大户人家的私人别墅，旋转楼梯、水晶吊灯、落地窗大露台，客厅中央还摆着一架大钢琴，让我对这里的房间充满期待。床位倒是马马虎虎，空调也够劲儿，然而到了晚上，我靠在床上准备睡觉时，一个灰色小东西从房间里嗖地一下蹿过，没错，就是老鼠。

虽然在外边睡过各种诡异的床位，也跟无数小虫共眠过，但跟老鼠君共度良宵还是第一次。我把门开了条缝，垃圾桶放在门外边，果然老鼠就跑出去了。于是赶紧关上门，没想到又一个灰色小东西横穿而过，还跳到了对面的床上，鉴于老鼠都长得那么像，也不知道是不是刚才那只又钻回来了还是新成员。没办法，只好抱着毯子去楼下客厅的沙发上睡。

小睡了一阵又被热醒，也不记得是半夜几点，梦游似的起身抱着毯子上楼进房，完全忘记了老鼠的事，躺下秒速睡去。第二天来了位瑞典姑娘同住，当我告诉她房里有老鼠的时候，她倒是挺不屑一顾地说："我只怕蟑螂，老鼠可见多了，但是有一次住旅舍实在太累，有蟑螂在我脸上爬来爬去，赶着赶着困到没力气也就睡着了。"我们俩象征性地赶了赶老鼠之后，就熄灯睡觉了，这样一个室友让我觉得再担心就会显得很

娇气，忍忍睡吧。幸好白天累了，只要半夜里老鼠没有在我肚子上走来走去跳肚皮舞就好。

终于要去三宝垄，以为奇葩的印尼体验快要到头了。可惜长途巴士又打破了我这个幻想，先是被卖猪仔换了两三次车，再被大叔和大妈挤在中间，硬是僵着背坐成一尊雕塑人，然后边开车边有吉他歌手从前门跳上来，唱完一曲要了钱从后门跳下去，整个过程行云流水般顺畅，一路上无缝衔接，粗略估计起码有二十名歌手跳上车，有的还自带鼓手和铃铛手，才一会儿工夫我的硬币和小纸币全部散尽。还有一位身穿白裙、学生模样的姑娘跳上来，发给每人一个小纸信封，又说又唱之后过来回收，不懂印尼语的我只能莫名其妙地看着，完全不明白发生了什么。耳朵被摧残了将近6个小时，在我心中，印尼这辆巴士要比老挝的神曲沙包巴士还略胜一筹。

三宝垄欢迎我的特别方式是整个城市被水浸街，巴士像艘船一样驶在浑泥水中，然而经历几天的奇葩事之后，我的内心已经强大到能经受任何挑战了。可无论印尼多么的奇葩，有多少地方让我吐槽不尽，就算它什么都不好，唯一让人记住的就是人很好。印尼有雅加达青旅很热情、和善的穆斯林姑娘，有每一个巴士上对我很耐心指导路线的售票员，有日惹旅舍跟我畅谈扩建改造计划的老板，拼命地解释："我要学中文，因为有人说我长得像中国人！"也有最后载我去机场面对大钞找不开直接不收钱的出租车司机，还有害羞又忐忑跟我介绍日惹的女大学生，当然也有婆罗浮屠出口一拥而上的小贩们，对我说着一口流利的日文推销商品。

倒也不是我对国内大多数旅游景点有偏见，随着旅游业的商业化，"想要赚钱"，这是人心很自然而然的想法，更何况大多数人都抱着"游客尤其外国人一定很有钱，不坑白不坑的心态"，所以才让那种行为变本加厉地夸张。

印尼除了婆罗浮屠，我所到之处都不是一般意义上的旅

SIMPANGLIMA
PURWODADI
BALAI KOTA
BANYUMANIK
SOLO/YOGYA
ST. TAWANG
SURABAYA

游城市，人们相对朴实也是很正常的，就算是在中国的新疆，游客较少的喀什也叫人待得舒心很多，乌鲁木齐的吃食也很实在。随着商业全球化的推进，有些纯真必然会丧失，但是我们对纯真的怀念却不会丧失。

所以有时候，愿意翻山越岭去寻找一片失落的乌托邦，或情愿待在没有任何景点却有物美价廉生活条件的大都市，都是因为那一点对纯真的怀念。

叶舒婧

坐上一班开往远方的车，对意气风发的少年来说，还带有某种私奔的意味，是一场青春式的冒险，是永远会在人心里凿开一个洞的经历。

坐上电车，都有想去的地方

如果说美国是由小镇组成的话，那日本则是电车站组成的国家。人们的基本生活单位不是城、镇，也不是社区，而是风格迥异的电车站。

无论你住在东京中央线，还是关西京阪沿线，都会感到被一条隐秘的线连接着，你们是绕着太阳转动的同一轨道上的行星，有轻而易举的相逢和告别。简单地说，假如你遇到了人生重创，想开始一段新生活的话，最好把家直接搬到另一条线路；如果只想转换下心情，不愿改变大部分的生活，那么，就在你经常利用的电车线上另选一站中意的就行。

同样是沿着轨道奔跑的大铁箱子，日本的电车和我们所说

はやとの風
147DC
はやとの風

かれいがわ
嘉例川
KAREIGAWA
なかふくら
NAKAFUKURA
きりしまおんせん
KIRISHIMA-ONSEN

的火车，有着本质的概念性差别。火车，有一种带你去远方的特质，沿着无限伸向远方的铁轨，穿过幽深的隧道，你就这样，在车厢内读诗、聊天、嗑着瓜子、雄心勃勃，在浓郁的泡面味里，等待变幻出新的人生，无论归去来兮，这种感情是抽象的。而电车（这里特指新干线以外的列车）不同，它的初衷是功能性的，人们与它建立的感情是具象的、日常的，就像公司的制服、便利店的鲑鱼饭团，是生活的一部分。当然，也有寝台特急之类的列车，负责承载日常以外的那部分浪漫情感。

关于日本的电车，从来都流传着截然不同的版本。比如早高峰的满员电车，我见识过一次，通勤族像沙丁鱼那样一条条直立着，贴在车窗上的脸被挤成了海胆色，有一种传说，车站会配备高峰期专门人员，他们的工作就是把乘客塞进早已爆满的车厢。这种独特的电车风景，倒是为热衷于把镜头对准冷漠都市的摄影师提供了绝佳素材。

相反，也有电影《乘列车前行》里那样远离世俗、穿越在油菜花田里的亮黄色九州小火车，让我想起柬埔寨马德望的竹火车、中国四川的嘉阳小火车，还有中国台湾的平溪小火车，假如也有贴在车窗上的脸的话，那一定是优哉游哉看风景的表情。导演森田芳光是个十足的铁道迷，于是把这份热爱寄托在两个爱好相同的男主角身上。瑛太饰演的小玉坐着青春18到九州看望小町，随之一起感叹，“啊，我们有只有我们才能理解的世界啊”。这就是铁道迷们的集团宣言，不难想象，日本是世界上拥有铁道杂志最多最全的国家，而几乎每一个男生小时候都做一个梦，叫作“以后要当铁道员”。

铁道物语

高仓健在电影《铁道员》里，就扮演了一位坚守岗位，连女儿和妻子最后一面都没见到的男人。这位尽忠职守到有点冷酷的铁道员，守着北海道偏僻地区一个叫幌舞的小车站，一天只有三趟车。在小说里，作者浅田次郎让早夭女儿的魂灵来到车站，大雪纷飞的除夕夜，给父亲做了碗小豆年糕汤，无疑为故事添加了些奇幻色彩。但这种对工作不要命似的热忱和刻板，带点儿主旋律的苦情味道，正是日本职人精神的一个缩影。

假若有关铁道的物语仅是如此，未免太无趣了。接下来的关键词是——治愈，非常的日本化，有川浩的轻小说《阪急电车》便是其中一例。这条单程15分钟的阪急今津线，从大阪和神户之间的西宫北口站开始，途经8个站，到达终点宝冢站，被不同烦恼困扰的主角们上车、下车，其中有被人横刀夺爱的女白领、被男友施暴的女孩、无奈参加妈妈友聚会的主妇、在大学格格不入的乡下学生，因为一条电车线路交错的相遇，无意中治愈了每个人内心的伤痕。

去年冬天，趁着去神户之便，我也去坐了一趟小说中的“阪急电车”，深紫色的车身，颇有《源氏物语》的幽暗气质。我在封闭的车厢内拿出iPad，回味电影里相似的场景，想到小说的开篇，“独自坐电车的人，基本都在面无表情地发呆”。放到现在的时代，除了发呆，更多的是一双双盯着智能手机的眼睛。这样的温馨电车物语，大概是日常生活之上的美好意淫了，更常见的场景是，疲于在大城市间花2小时通勤的上班族们，穿着一丝不苟的黑色风衣外套、竖条纹西装，耳机里的音乐寂寞地循环着，主人们则在沙发般柔软的座椅上睡成一片。有趣的是，每个人皆呈双臂环抱、身体竖直的姿势，我偷偷看了一眼，心想：打盹都这么严谨的样子，还真是不愿给人添麻烦的民族啊。

电车被寄予“治愈系”这样过高的期望，可能连它自己也有些忐忑，更真实的样子，也许是——逃离和重建。每一个离开老家去上大学的年轻人，都会经历在故乡小车站和家人朋友告别的场景，《NANA》里的娜娜，目送莲拎着吉他远去的背影，在雪地里追着电车，离开的人，是去大城市寻找新的生活，这一列电车，是通往人生新舞台的道具。《秒速五厘米》是另一种唯美的告别，贵树乘坐新干线，千里迢迢去和天涯相别的恋人见面，被大雪堵住的列车，孤独的候车室，最终，还是定格在跳上车的时刻。作为最有悬念的情节之一，大概编剧们永远都在做着两难的抉择，车门关闭前的一刹那，到底该不该让男主角一把把女主角拉进电车呢？坐上一班开往远方的车，对意气风发的少年来说，还带有某种私奔的意味，是一场青春式的冒险，是永远会在人心里凿开一个洞的经历。《最完美的离婚》里那位爱出轨的谅君，就被一场有始无终的私奔牵绊了多年。

京阪电车

和一条电车线建立感情，并不需要太长时间。近来国内很红的日本作家新井一二三，写过一本叫《东京迷上车》的书，主角是承载着她很多回忆的橙色中央线，从新宿站开始，以完全笔直的罕见形式，通过高圆寺、吉祥寺、国分寺等耳熟能详的地名，隆隆地开往东京西边的武藏野地区。同样，对关西地区的人来说，就是阪急、京阪、阪神、南海线。比起遥远的国家概念，电车站才更像是生活的中心。

我住的地方附近分别有京都地铁、JR奈良线和京阪线。对我来说，一开始很难搞清楚日本国铁（JR）和私铁的概念。JR是Japan Railway 的缩写，1987年铁路私营化之后，原国家铁路集团的合称。JR以外就是私铁，带有更强的公司性质，一般在铁路以外还经营商场、酒店、旅行社等等，比如关东最有名的西武。京阪线则是关西著名私铁之一，每个车站都能看到公司制作的当季沿线观光海报，现在正值赏梅的季节，粉色的攻略地图铺天盖地地映入眼帘，世道艰难，谁都要想尽办法吸引顾客，一条电车线路就好像一个人，有它独特的性格、风情和魅力，公司就负责把这个人梳妆打扮得更受欢迎。

名所案内

第一次坐京阪线的时候，不明白快速列车要怎么换，一直坐着站站停的普通车，花了2个多小时才慢悠悠地晃到大阪。坐惯了有始有终的火车，完全没有“同站换快车”的概念。直到有一天早上赶去大阪办签证，才发现普通车和特急车之间的换乘居然在时间上完美吻合。不管是哪一个时刻，总能在你恰好下普通车的时候，月台对面的特急车也停下来等你上车。我脑子里迅速出现了一幅布满密密麻麻线路的图，怎么能在每一点都完美衔接呢？太不可思议了，设计时刻表的人一定是个天才。

这是日本生活常会给你的一种感觉，就是近似于恐怖的“匹配”，无论生活的方方面面，都好像有人在前面给你做了精确安排，只要我10点01分从大阪淀屋桥上车，就一定能在10点51分到达京都深草站，当然，中间还经历了一次换乘。到这时我才能够想象，当年松本清张住在东京站前的酒店，每天看着站内进出的无数列车，终于写出了利用时刻表作不在场证明的《点与线》。前提是电车恪守分秒不差的时刻表，才会让这种杀人事件成为可能。

当然，电车也有因为自杀、大雪、地震等天灾人祸不准时的时候，假如制订的杀人计划恰好遇上电车延迟，只能怪自己运气不好。如果只是怕上班迟到，那就无须担心了，出站口会有工作人员进行道歉说明，并附送“电车延迟证明书”，让你对上司有个很具说服力的交代。

说了那么多，无非是一个字，电车是有“爱”的。可日本的爱是含蓄收敛的，不会像中国香港那样，在地铁放上煽情的灯箱广告，黄底黑字，“感激车站里，尚有月台曾让我们满足到落泪”。日本的爱，是像村上春树新书里写的那样，“首先要建一个为她特设的车站，在脑子里描绘出车站的样子，再给予它具体的色彩和形状，一个特别的车站。就算不够完备，总要把车站建起了，如果没有车站的话，电车就没法在那儿停车了，也没有办法迎接重要的人了”。

没有色彩的多崎作终于同过去和解，身为车站设计师的他，为爱人建造了一个专属的“车站”。并不是一切都消失在了时间的长河里，我和他一样，都喜欢坐在月台的长椅上看人来人往，只是想着：多好啊，至少坐上电车，我们都有想去的地方。

新干线：日本的高速铁路系统，相当于国内的高铁。第一条是连接东京和大阪的东海道新干线，于1964年10月1日东京奥运前夕开始通车营运。

青春18：JR集团推出的一种旅游通票，可无限次乘坐全国范围内JR线的普通列车。当然，并不是专门售给18岁的年轻人，就算到了80岁也可以购买。

本文选自豆瓣阅读专栏《樱花国小日子》

暴走伊斯坦布尔

冬　惊

火车快开动的时候，有一位欧洲小伙子从车窗翻了进来，着实让我吃了一惊。一问，原来是列车员放他进来的。他说他并没有什么详细的行程计划，刚刚搭讪了列车员，听说有一班要出发的火车就上来了。

『不知道下一站去哪里，就保加利亚好了。』

土耳其和保加利亚是邻国，在保加利亚做交换学生的我们五个人于索非亚花45美金办了签证，就踏上了土耳其自助游之路。

这是一座拥有千年历史、跨越亚欧大陆、充满异国情调的浪漫之城。它几乎具备了一个魅力之城应该拥有的一切：山坡、海峡、岛屿、历史遗迹、购物广场和集市、夜生活，古老又现代，繁忙而充满生机。

整整五天的旅程算不上轻松愉快（因为每天都在暴走和迷路之中挣扎，还要对一些过度热情的土耳其男性保持警惕），实在令人难忘。

去往伊斯坦布尔的火车晚点一个小时左右，我们于凌晨2点到达土耳其边境。这时有乘务员挨个来敲卧铺车厢的门，口中念叨着“passport，passport（护照，护照）”。于是我们全下了火车，在入境处排队给护照盖章。入境处有好几个窗口，土耳其人一个窗口，欧盟国一个窗口，另一个窗口是其他外国人。同一个车厢的德国女孩只带了一个身份证，签证都不用就来了，真是让人羡慕。次日早上8点半，睡眼惺忪的我终于看到了车窗外的伊斯坦布尔：湛蓝的海峡，宽阔整洁的街道，灿烂的花丛，一派久违的南国景象，感觉和深圳、珠海有点像。在保加利亚这个乡下地方住了半年，太久没有看到这么繁华和现代的城市了，顿觉神清气爽，困意全消。出了火车站我们就成了文盲，满大街的阿拉伯语一个不认识，只顾往繁华的地方乱走，见了清真寺就拍照。这时有成群的海鸥飞过广场，降落在清真寺的台阶上，空气里都能闻到海的味道。穿过一条窄窄的巷子朝高处走寻找蓝色清真寺，道路两边都是廉价的小商品，估计有不少是中国制造。卖红茶的提着茶盘走街串巷，小巧的玻璃茶杯煞是可爱。几位土耳其老大爷用土语指引我们向上走，在我们道谢之后他们发出诡异的笑声，于是我怀疑是不是被耍了。果然，过了几条巷子看到一座清真寺，问了一个卖东西的人才知道我们完全走错了方向。如果不是老大爷指错了或者理解错了，这就是我们第一次见识到的土耳其式幽默。

好在蓝色清真寺并不难找。这座举世闻名的建筑建于1609年，是回教世界最优秀的建筑师锡南(Sinan)的得意弟子Mehmet Aga的作品，也是伊斯坦布尔最重要的建筑之一。据说只有回教圣城麦加的清真寺才能盖六根尖塔，蓝色清真寺在兴建时，建筑师听到素檀何密一世“黄金的”的命令，没想到“黄金的”和“六根的”音很近，结果蓝色清真寺就逾矩有了六根尖塔。建造蓝色清真寺没有使用一根钉子，而且历经数次地震却未倒坍。这座世界最大的清真寺十分宏伟，内部装饰以红色调为主，富丽而祥和。我看到众多旅客的喧嚣声中有一位信徒匍匐在地，虔诚地祈祷着。

清真寺广场里有很多成群结队的土耳其小朋友在老师的带领下前来参观，见了我们都用英语热情地打招呼，听说我们来自中国便大喊“I love you”，一个个都要和我们握手，还用手机给我们拍照，有种明星出现在机场的感觉，真让人受宠若惊。

我们吃过午饭后，便去了地下水宫。据说旧时，伊斯坦布尔老城的居民总能在夜间听到地下有潺潺的流水声，却没人知道其中缘由。直到上个世纪60年代，考古学家在蓝色清真寺附近发现了一个庞大的地下水宫，也就是著名的耶莱巴坦地下水宫，才最终揭开了这一神秘现象的面纱。

从水宫入口顺阶而下，好似进入了另一个世界。呈现在面前的景色亦幻亦真，令人着迷，耳畔回响的全是水珠掉落水面的叮咚作响，脚下的石板路有些湿滑，路旁矗立着一排昏暗

的路灯，不禁令人产生暗夜街角的错觉。凭栏望去，一根根汉白色的石柱表面，留下了时光和流水雕琢的痕迹，氤氲的水汽和石柱底部散发出来的暖红色幽暗灯光，营造出了一种宁静而幽远、神秘而朦胧的氛围。往脚下望去，只见浅浅一汪水，却极清澈透明，鱼群穿梭往来，好似闲庭信步般悠闲自得，似乎它们才是这里真正的主人。水中有许多硬币，我也许了个愿，投了几枚斯托丁（保加利亚货币）进去。走在这里让我想起《歌剧魅影》里描述的情景，幽灵和克里斯汀在歌剧院的地下暗湖里泛舟，想必就是这样的氛围吧。

水宫之所以充满神秘色彩，还因为这里囚禁着的邪恶的神灵——蛇发女妖美杜莎，在希腊神话中，凡人只要与她对视，便会化作石像。在水宫的一侧，两个巨大的石柱下面压着女妖的头像，一个朝下，另一个则侧脸向下。究竟为何如此放置，就不得而知了。

来到土耳其，自然要吃土耳其烤肉。但是令人失望的是，原版的土耳其烤肉并不如世界各地的改良版好吃，大概是太干了。在海边，吃海鲜才是王道。当然，还要出个海才算完整。于是我们一行五人来到码头，上了一艘快艇，对面还有两个金发碧眼的洋妞。不久我就和她们攀谈起来，这两个女孩很是直爽，听说我学的是保加利亚语，其中一位女孩不假思索地说："Are you crazy（你疯了吗）？"让我们几个笑了半晌。不少人都觉得学保加利亚语很稀奇，这位姑娘真是最心直口快的。

我们四男三女就这样懒洋洋地坐在快艇上晒太阳，吹着海风，头顶飘扬着土耳其的国旗。男孩们靠着桅杆，随意地坐在甲板上，戴着墨镜，点上了烟，酷得像大佬。坐船是件相当惬意的事，坐小船兜风最为潇洒，只可惜没赶上博斯普鲁斯海峡的日落。船长用生疏的英语告诉我他曾经在轮船上工作，去过香港和上海。后来，我又坐了作为交通工具的大渡轮。大渡轮更为平稳舒适，载着我漂荡在蓝色的温柔乡里，海风吹散了那淡淡的羁旅之愁。

博斯普鲁斯海峡把伊斯坦布尔分成三部分，使其成为横跨亚欧大陆的城市。连接新老城区的桥上有很多人在钓鱼，线垂得老长。海边有很多卖鱼汉堡的小摊，新鲜的海鱼被烤得焦黄，十分可口，整个海岸都飘着烤鱼的香气。最绝的是在船上做汉堡的厨师，船停在岸边不停地摇晃，厨师却如同在平地上一样操作自如。岸边还有一种特色小吃——塞满米饭的贝壳，配一瓣柠檬去腥，味道很好很独特。

在旅行的后几天我每天暴走出一身大汗，但当看到这片蔚蓝时便会觉得身心舒畅，步伐也变得轻快。

旅行的第三天，我和4个男生告别，独自踏上了伊斯坦布尔的探险之路。我先去了新皇宫，排了一个小时的队才买到票，全价20里拉（约10欧元），用学生证2里拉就搞定了，一想到省了18里拉，这让疲惫的我一下子就振奋了起来。新皇宫坐落于博斯普鲁斯海峡之滨，环境优美静谧，在水晶馆的庭院里甚至可以看到散步的孔雀。皇宫里都是欧式建筑，巴洛克、洛可可、新古典主义风格的设计将皇室的奢华高贵渲染得淋漓尽致。吊灯、屋顶、走廊、地毯、壁画，每一样都精致到了极点，令人叹为观止。

从新皇宫出来，我走到码头，想回到老城区，却发现航线太复杂，没法从这里坐船回到来时的地方。问了一堆人都不懂英语，码头的人给我写了一个纸条，让我去坐公交。还好在公交车站遇到几个中国同胞，终于一起把路给弄清楚了。

和几个同胞参观了索菲亚教堂之后，我找到了一家干净温馨的青年旅社，名叫hostel Istanbul(伊斯坦布尔青年旅社)，在这里认识了几位友好的欧洲朋友。他们听说我一个女孩独自在到处是“色狼”的伊斯坦布尔玩耍，觉得我非常勇敢。的确，伊斯坦布尔的男青年确实很喜欢骚扰外国女游客。那几天我走在路上，只要一落单，就会有土耳其大叔请我去店里喝茶，甚至有土耳其小伙子尾随我，见了我就问要不要做他女朋友……最夸张的是大巴扎里卖丝绸的大叔，留着一头半长的头发，像个摇滚歌手。他说他在日本有一家分店，让我将来去日本找他。我说我有男朋友了，他也不罢休，非要卖一条丝巾给我。那丝巾确实漂亮非凡，可惜我手头没有足够现金了。

后来，我又去了一次大巴扎。土耳其的辣椒非常好吃，但在买辣椒面的时候我被坑了一回。明明买的时候看的是一公斤15.00，付款的时候才发现是150.0，做这种手脚坑游客真

是太可恶了。结果我花了十几里拉（人民币70多元钱）买了一包辣椒面，真是叫人哭笑不得，虽然这个辣椒面真的味道很好。

旅途的最后一天，我和在青年旅社认识的英国人罗迪一起登上了新城区的那座有一千多年历史的古塔。在塔顶可以俯瞰全城。原来伊斯坦布尔是一个建筑布局如此稠密的城市！不经意瞥到谁家的屋顶阳台，女主人正坐在那里悠闲地喝茶。向海峡那边望去，竟有一座海上喷泉！

土耳其这座城市，有繁忙码头和港口，时尚的商店，也有悠闲的花园。在伊斯坦布尔的最后一个黄昏，我误入皇宫外围的花园。走得筋疲力尽的我发现此地居然还有这样一个人间仙境般的去处。幽静的庭院隔绝了尘世的喧嚣，郁金香沐浴着夕阳的余晖，高大的老树上布满了鸟儿的巢穴，古堡的围墙下缓缓驶过一辆马车，真像置身于童话，让人忘记了时间。情侣们在长椅上闲坐，或在树下拥吻，让独行的我不禁心生感慨，这样浪漫的地方一定要和心爱的人一起来。

第五天的晚上，我踏上了回保加利亚的火车。火车快开动的时候，有一位欧洲小伙子从车窗翻了进来，着实让我吃了一惊。一问，原来是列车员放他进来的。他说他并没有什么详细的行程计划，刚刚搭讪了列车员，听说有一班要出发的火车就上来了。“不知道下一站去哪里，就保加利亚好了。”啊，真是潇洒呢！旁边车厢里一对年轻情侣也是如此，不知道下一站去哪儿，就走哪儿算哪儿了。

从伊斯坦布尔回到索菲亚之后的好几天，我一直沉浸在旅途的兴奋之中，仿佛把灵魂的一块丢在了博斯普鲁斯海峡，召唤着我有朝一日再度造访。

吴小凡

游历大千世界，观生命如梦幻泡影，就等故事都经过。

不曾抵达的西藏

到达拉萨的那天，我一个人在布达拉宫广场站了许久，仰望着这座巍峨又沉默的建筑，内心五味杂陈。我一直以为和我一起站在这里的会是很多人，至少是两个人的。

搭车后的两天我一直是一个人，一个女生最好搭车，我一路顺风顺水地到了拉萨。当搭上的最后一辆车缓缓开进拉萨城的时候，我甚至觉得有点难以置信，难道，这样就到了？也许梦想都是在达成的那一刻变得虚无，会让人一下恍惚，觉得措手不及吧。

师傅转头问我“你要到哪去，我把你放下”。向往了那么久的圣城，真正抵达的时候却惶然了，不知道要去哪里，能去哪里。我心里念着布达拉宫的名字，就顺口和师傅说那就把我放那吧。

一路搭车住藏人的旅馆，墙上大多贴着布宫的油画，它常于静谧夜色中伴我入眠。所以此番来到拉萨，看到圣城的第一眼就是无数人梦中、画中的布达拉宫，对我来说也像是做了件很有仪式感的事。

在布达拉宫站久了也累了，周围的游客如织更加凸显我的孤单，我便离开广场去找落脚之处。和大多数来到拉萨的游客不同，我不住八廓街，而是住在拉萨东郊的一个商业小区里。那里住着很多来拉萨打工的年轻人，我的沙发主是个河南姑娘，叫兔子，她在拉萨当幼教，兼职淘宝卖家。姑娘不像其他人那样会对沙发客热情相待，嘘寒问暖，在大部分的时间里，她并不理会我，只一心忙着她的明信片淘宝事业，只有在说到钱的时候才会两眼放光。这个略显冷漠且微微散发着铜臭味的姑娘，是我在拉萨认识的第一个人，和我想象中放浪形骸、白日放歌须纵酒的拉漂，完全不同。

到兔子家的那天晚上，兔子问我想不想去布宫排队卖门票赚钱，我初来乍到，并不了解这其中的奥妙。听了她的解释后，才知道这布宫门票里的生财之道。为了保护景点，布达拉宫每日只放出8000张门票，其中有4000张会给旅行社，只留4000张给散客。所以在拉萨旅游的绝对旺季——暑假，散客们要想买到票就必须半夜去排队，在高原的寒风中站上一个晚上。而所谓“商机”就是让我们这些不怕辛苦的背包客去帮忙

排队，每人可以代买4张票，拿到票后再以多加100元左右的价格转手卖给别人。

兔子给我的价格是80元，我不懂行情，觉得有机会赚钱就已经很开心了，懵懵懂懂中就答应了。又是一个措手不及，仅仅几个小时候以后，我再次奔赴布达拉宫。

走之前我问兔子“需要准备些什么”，她问“你有帐篷或者睡袋吗”，我说“没有”，她又说“那算了，你带个外套，带着钱和身份证就行了”。她没有告诉我的是，入夜后的拉萨那么冷，寒风刺骨，我单薄的外套根本抵挡不住莽莽高原的寒风。

当出租车呼啸着把我们带到夜色中的布达拉宫时，西边广场靠近售票厅的角落已经人头攒动了，我们前面排了一百来号人，人们带着各种装备，帐篷、睡袋，就在广场上安营扎寨起来，看起来热闹非凡，像是参加什么秘密集会。但我可怜得连个坐着的板凳都没有，再转眼一看，兔子已经钻进了自带的睡袋里，对我就不管不顾了。

我没办法，就一个人站着，冷了就搓搓手、跺跺脚，实在站累了一屁股坐下来，月光和地面一样冰冷，我连打了好几个寒战。我苦恼着如何熬过这漫漫长夜，就坐在那里一个人唱歌，唱林宥嘉的“人生已经如此的艰难，有些事情就不要拆穿”，那时候“人艰不拆”这个词还没发明出来，我就已经领悟到这首歌的精髓了，长长孤夜中竟还引起了大家的小合唱。

最后熬到凌晨1点多实在困了，就把背包当枕头，拉紧了外套的拉链，蜷缩着躺在广场的地板上，也就这样迷迷糊糊地睡了过去。后来我想起，觉得那时在布宫广场上席地而睡的自己落魄得和流浪汉也没什么差别。

后来4点多醒了，再也睡不着了，醒来后的感觉像是有一盆冷水浇在身上，浑身冰凉。我哆哆嗦嗦地睁着眼睛等天亮，等月亮落下来，太阳升起来。6点开票，又排了几个小时，早上9点左右拿到票，然后去东措交易。我代排了3张票，最后拿到240元，对毫无任何装备，只凭一身孤胆，就在广场上一个人吹了一晚上夜风的我来说，还真是血汗钱。

回去的时候兔子和我商量说这两天要是没事，都可以晚上来赚钱，还是按80元一张。那时我已经听说了行价，一张布宫的票最起码要加100元，80元这个价格是她剥削了我以后的二手价，我骨子傲，觉得这种钱宁愿不赚。我们大吵了一架，她觉得我不知感恩，我觉得她太爱钱，没了人情味，最后我俩闹得不欢而散，道不同不相为谋，便改变计划第二天下午就搬了出去。

用赚来的钱交了尼泊尔的签证费后，吃吃藏餐、喝喝甜茶也就很快散尽了。在拉萨不知忧愁地连着晒了几天太阳后，我又是一路鸡飞狗跳地去了尼泊尔。在拉萨城晃荡的那几天，总是绕不开布达拉宫，我很多次路过，却也没起过进去看看的念头，一是舍不得门票钱，二是那晚的记忆实在有些惨淡，不

愿重来或提起。

在尼泊尔待了一个星期后，我又搭车从中尼公路回了拉萨，那时已是夏末，夏天的结束意味着旅程的终结，我从拉萨坐火车回家、最后离开拉萨的时候，我和在樟木认识的来自天南地北的朋友，又一起去了一次布达拉宫广场，大家手挽着手走在街上，快乐和阳光一样充沛得不知廉耻。

对于布达拉宫，直到我后来离开西藏，手机里只有一张排队的那天清晨在广场上醒来后，拍到的藏族老奶奶在转经筒的照片。

我没有一张和布达拉宫的合影，我没进去看过它的全

貌。但我曾路过它的白天黑夜，也曾在这里几度悲喜，有过几多回忆。

这就是我在拉萨的故事，那一年好多个“谷岳”、好多个“张小砚”都打着“梦想”的旗号，对那片土地寄托了太美好的幻想，蹭着别人的好意，搭车去了西藏。入藏的路上人满为患，搭车都像等公交车一样需要排队。我也随大流一窝蜂地拥了过去，哪知道自己想要找到什么意义。

我不知道有多少人在这片空气稀薄的圣地找到了所谓的“心灵洗礼”，获得了多大的心灵升华，反正我没有。我曾在西藏壮阔的景色面前感到过自己的渺小，由此心生敬畏，可这只是一种体验，跟真正的脱胎换骨、灵魂净化还差得远。在西藏的日子，我只如普通游客般，见过虔诚转经的藏人，在布达拉宫倒卖过门票，吃吃藏餐、喝喝甜茶，寻些快乐之事做罢了。后来我去了墨西哥，又去了印度，在印度遇到从Dharam Sala回来的朋友，听她说起那里的藏人，那些风马飞扬的故事，我回想起一年前去过的西藏，它已在记忆里遥远得像前尘旧事，我也惊讶于朋友口中的“西藏”与我记忆中的完全不同。

我这才明白，对于西藏，也许我只是到达，并未真正抵达。我不知道六字真言讲了什么，不知道藏人每日在佛前求着什么，不知道他们纯净的眼神里隐藏着多少对现实的坚忍。我只是被那些“西藏心灵洗涤论”煽动来的，面目不同的众多年轻人中的一个。

我所抵达的一部分的西藏是暮色下巍峨的布达拉宫，是绵延不绝的雪山草原，它们美得动人心魄。但有一部分的西藏，我那次未曾抵达，或许终其一生，也无法做到。

本文由潘尼克供图

Art Gallery

去马丘比丘经历一场修行

吴小凡

从开始的失魂落魄到如今的快乐自得，马丘比丘这一路所经历的事像一场修行，让我终于放下了那些经不起推敲的、自以为是的忧愁。

1.

去马丘比丘的前一天，圣周刚开始，街上熙熙攘攘，热闹非凡。晚上在库斯科的街上闲逛，心情也变得轻快起来。

未承想，还在听着歌的我，iTouch就在这拥挤的人群中被小偷从口袋中偷走了，周围太嘈杂，我甚至没有察觉。等我经路人好心提醒反应过来，大脑顿时变得一片空白，连一句脏话也骂不出来。

其实那段时间自己的状态也不好，曾从别人那里得到一丝温暖，痴心地想要抓紧却发现只是一场空。那种赶不走的阴霾，让我在这场旅行中有些郁郁寡欢。如今贴身的东西被偷，对我来说又是沉重打击。

后来，我就一个人在街上慢慢地走，心绪像杂草一样芜杂无比，那种感觉不是绝望，是不知如何是好的无助。

就是带着这样有些失魂落魄的心情，坐上了去马丘比丘的车。

2.

去马丘比丘最经典的方式是坐观光火车，不过秘鲁政府垄断性的价格实在让人望而却步，最普通的座位来回也要150美元（930元人民币）。我囊中羞涩，只能选择坐小巴走山路这样的非主流路线，这样两天一夜的行程全部加起来还不到200美元（1240元人民币）。

不过那时的我并不清楚雨季的山路走起来会如此艰难，却也让故事变得那么难忘。

清晨的库斯科城还是雾蒙蒙的，和我一起挤在这狭窄的小巴里的有一个辞职环游南美的巴西人，一个在美国做summer camp的瑞士人，一个来自奇瓦瓦的墨西哥人，两个刚退伍的以色列人，一对智利情侣，一对乌拉圭情侣，还有在利马做志愿者的两个德国女孩和她们的家人。意料之中，我又是唯一的东方面孔。

3月的安第斯山区还在雨季，雨绵绵长长地下个不停，车窗的玻璃上覆着一层厚厚的雾气，教人望不见外面的世界。本来4个小时的车程，车走了不到一半，前方就因为暴雨塌方，封路了。我们只能把车停在路边，无望地等着通知。

渐渐地被堵在路上的车越来越多，公路旁甚至搭起了一个类似“难民救济点”的棚子。没法按时抵达下一个城镇，计划中的午餐泡汤，我又没带足够的食物，饥肠辘辘，就从摆摊的秘鲁妇人那里买下一种当地食物——一个带馅的土豆，狼吞虎咽地吃完，竟也别有一番风味。

没有尽头的等待把人们的耐心消磨殆尽，为了打发时间，另一车的四个法国女人在公路上席地而坐打起了纸牌，颇有乐观主义精神，不认识的人们也开始互相交谈，同车的巴西人话很少，一个人对着翻滚的江水抽烟，一副心事重重的样子。

3.

等到道路可以通行，车赶到目的地的时候已经是晚上9点了，夜幕低垂，笼罩着周围静寂的群山。而这时我们离晚上的落脚点——马丘比丘山脚下的热水镇还需要步行3个小时。这段路不通车，我们别无选择，只能沿着火车铁轨走到马丘比丘脚下的镇上。

深夜的山区很幽静，旁边的大树葱葱郁郁，于那交错树枝中漏出点滴星光；细雨依旧随风飘扬，像银针般扎向夜幕；空气中弥漫着潮湿的气味，铁轨还是湿漉漉的，我们一行人稀稀落落地走着，手电筒发出微弱的灯光，拉长我们沉默的身影。大家的背包都很重，狼狈地往前赶路，颇有种亡命天涯的落魄感。

铁路有一段要过江，会经过一座大桥，铁轨中有一截一截是空的，扶手因为雨水变得异常湿滑，我用力抓着扶手小心翼翼地跨过每一节铁轨。桥下是奔腾不息的江水，在这似乎可以吞噬一切的黑暗中，发出如野兽嘶吼般可怕的咆哮，耳畔是呼啸而过的呜咽风声，我清楚地听见自己的心跳声，跳得那么惊心动魄。那时的我是极其害怕的，连呼吸都不敢过重，怕惊醒了这多诡的夜幕，担心着自己若是一个不小心滑倒跌落下去，便是孤身一人葬身于这异国的江水中，没了声息。

还好一抬头，还有那一弯明月高挂于空中，月光虽冷，却皎洁、明亮，且常在，给我们这些夜行人捎来片刻安宁。

经过艰辛的长途跋涉后，终于看到镇上闪着的点点灯光时，那一刻，我几乎惊呼起来，因为这该死的雨季，我们用了比平常多了一倍的时间才抵达落脚地。此时所有人都是一样的疲惫不堪，纷纷卸下重重的行囊，匆匆忙忙办理入住，隔天还要凌晨5点起床去马丘比丘，这时留给我们的只有少得可怜的睡眠时间了。

我躺在铺着白床单的床上，陷落于这柔软的被窝，沉沉地睡了过去，一夜无梦。

4.

第二天醒来的时候，脑子还是昏沉沉的，睡眼惺忪中就坐上了开往马丘比丘的区间大巴。因为旅游兴起的热水镇从凌晨5点多就变得喧闹起来，大巴站旁早已经排起了长长的队伍，这座失落的印加古城的魅力可见一斑。车在盘山路上不断攀升，黎明是浅青色的，天光一点一点地亮起来，窗外群山沉默，云雾缭绕，让人仿佛置身于仙境之中。

南半球恼人的秋雨淅淅沥沥地从6点一直下到8点，马丘比丘一直笼罩在薄雾中，始终不肯揭下面纱。这座海拔2200多米的古城据考证是为印加帝国的贵族们建造的住所，后来不知为何被印加人遗弃，就此失落，直到20世纪初被一个美国人发现才又重新揭开神秘面纱。不过我更愿意一厢情愿地幻想这样的故事，有一群印加人为了躲避入侵的西班牙人，而逃到了这茫茫的安第斯山脉中，于这块被上帝遗忘的高山上认真地修建起房屋……

8点之后天突然开始放晴，当云雾渐渐散开，神秘的马丘比丘终于毫无保留地向人们展示了它的全貌。

站在高山之巅，眺望着这座被群山围绕的天空之城。在明镜如洗的天空下，清晨的晨光静静地洒在遗址上，天地苍茫之间，古城显得如此纯净、圣洁，时间仿佛都在这刻静止下来。

我目光所及，在变幻不尽的云雾中，历经几百年风霜的城墙下，有经过雨季滋润，生机盎然的草地，绿油油地散发着新生的活力。新与旧的关系，仿佛生与死，在此刻显得如此和谐。

不禁感慨，山脚下的乌鲁班巴河还依旧不知疲惫地蜿蜒流淌着，人间却早已改朝换代，不知几度春秋。但还好，我们还能从这失落的遗址里寻到些印加帝国昔日的辉煌。

一个20岁的中国女孩，跨过千山万水，来到大洋彼岸的秘鲁，我是何其所幸能亲眼看到这样的美景，甚至觉得连眨眼都是奢侈。前一天的各种颠沛流离，之前的不顺心，丢了iTouch，雨季塌方封路，夜行徒步铁轨，仿佛都是在为这一刻看到马丘比丘时的苦尽甘来做铺垫，也让我更加感激这一切是那么弥足珍贵。

“在我们的生命中有若干个凝固的时间点，卓越超群、瑰伟壮丽，让我们在困顿时为之一振，并且弥漫于我们全身，让我们不断爬升。当我们身居高位时，激发我们爬得更高；当我们摔倒时，又鼓舞我们重新站起。”对我来说，看到马丘比丘应该就是这样一个卓越超群、瑰伟壮丽的时刻吧。

5.

一起经历了那么多戏剧性的事，还曾并肩站在山顶分享过这样难忘的美景，回程的时候，车上的人都成了莫逆之交，相视时对对方一眨眼，把之前的磨难都一笑而过。我在回去的路上因为疲惫昏睡过去，心里却暗自奢望这路程再长一点，结束得慢一点，这样我们就不用那么快面临分离。

醒来一睁眼，看到的是窗外昏暗的路灯投下的灯光，我知道库斯科城到了。纵然再多不舍，这趟旅程也该此般结束。

从开始的失魂落魄到如今的快乐自得，马丘比丘这一路所经历的事像一场修行，让我终于放下了那些经不起推敲的、自以为是的忧愁。

高原凛冽的夜风吹得我清醒起来，和好朋友们拥抱说再见、道珍重。

我知道，这一季的雨季不再来了。

图书在版编目（CIP）数据

在最美的风景里流放/燕子等著. —南京：江苏凤凰文艺出版社，2015

ISBN 978-7-5399-8614-2

Ⅰ.①在…　Ⅱ.①燕…　Ⅲ. ①散文集－中国－当代　Ⅳ.①I267

中国版本图书馆CIP数据核字（2015）第188949号

书　　名　在最美的风景里流放
作　　者　燕　子　等
出版统筹　黄小初　侯　开
选题策划　杨　琴　徐　妹
责任编辑　姚　丽
装帧设计　苏　涛　刘丽霞
责任监制　刘　巍　江伟明
出版发行　凤凰出版传媒股份有限公司
　　　　　江苏凤凰文艺出版社
出版社地址　南京市中央路165号，邮编：210009
出版社网址　http://www.jswenyi.com
经　　销　凤凰出版传媒股份有限公司
印　　刷　联城印刷（北京）有限公司
开　　本　880×1230毫米　1/32
字　　数　100千字
印　　张　8.5
版　　次　2015年10月第1版，2015年10月第1次印刷
标准书号　ISBN 978-7-5399-8614-2
定　　价　39.80元

影视版权抢订热线　13911704013